Xavier de Moulins

Das Geheimnis meines Vaters

Weitere Titel des Autors:

Dieser wunderbar blaue Himmel

Titel in der Regel auch als Hörbuch
und E-Book erhältlich

Xavier de Moulins

Das Geheimnis meines Vaters

Roman

Aus dem Französischen von
Karin Meddekis

Lübbe

MIX
Papier aus verantwortungsvollen Quellen
FSC® C014496
FSC
www.fsc.org

Dieser Titel ist auch als E-Book erschienen

Titel der französischen Originalausgabe:
»Que ton règne vienne«

Umschlaggestaltung: Mediabureau Di Stefano, Berlin
Umschlagmotiv © getty-images: Helga Jaunegg | A-Digit;
© iStockphoto: sorendls | limpido
Satz: Greiner & Reichel, Köln
Gesetzt aus der Adobe Caslon Pro
Druck und Einband: GGP Media GmbH, Pößneck

Printed in Germany
ISBN 978-3-431-03934-4

2 4 5 3 1

Sie finden uns im Internet unter: www.luebbe.de
Bitte beachten Sie auch: www.lesejury.de

Für meinen Vater,
der im Gegensatz zu diesem anderen
ein gerechter und guter Mann war

»Ein Vater hat zwei Leben. Sein eigenes und das seines Sohnes.«

Jules Renard

2015

Das Mondlicht verblasst auf dem frischen Gras. Ein herrlicher Tag kündigt sich an. Während ich darauf warte, dass er wirklich anbricht, reißt mich dein Rufen aus dem Bett. Immer wieder klingelst du an der Tür, und immer wieder öffne ich dir schließlich doch. Im Laufschritt kommst du herein. Schweiß perlt über dein Gesicht. Du brichst nicht sofort zusammen. Du nimmst dir Zeit für dein vernichtendes Lächeln und dein lebendiges Lachen, dann wirfst du dich auf mich, und zu meinen Füßen sinkt alles in sich zusammen.

An der Liebe zu dir bin ich fast krepiert. Aber du bist es, der stirbt.

Was bleibt von dir, Beelzebub? Nichts als dein Getöse.

November 2013

Die Anzeige war klar und präzise formuliert. Aufgrund eines überraschenden Druckerstreiks konnte sie nicht rechtzeitig erscheinen und wurde daher weder gelesen noch anderweitig bekannt. Die Kosten bekam ich innerhalb von fünfundvierzig Tagen zurückerstattet. Außerdem erhielt ich ein kurzes, vom Chefredakteur unterschriebenes Entschuldigungsschreiben und einen Preisnachlass für das nächste Mal.

Ich hatte die Todesanzeige nach einem Muster aus dem Internet formuliert, weil ein mit Pathos gespickter Nachruf unter den gegebenen Umständen nicht gepasst hätte. Mein Vater bekam lediglich das gewerkschaftlich festgelegte Minimum. Wäre es einzig nach mir gegangen, hätte ich den Leichnam liebend gern im nächsten Brunnenschacht entsorgt.

Oscar schlug mir vor, eine SMS vom Handy des Verstorbenen zu schicken:

Hallo Leute, ich bin letzte Nacht gestorben und werde in zwei Tagen beerdigt. Einzelheiten erfahren Sie von meinem Sohn. Ich habe ihm sein Leben ordentlich vermasselt, dafür darf er jetzt für meinen Abgang sorgen. Um zahlreiches Erscheinen wird gebeten. Jean-Paul

Jetzt gerade ist mir total nach Lachen zumute. Nicht, weil es der Situation angemessen wäre, sondern weil ich das Gefühl habe zu fliegen. Das verdanke ich ihm, meinem besten Freund Oscar. Und den beiden Valium, die er mir freundlicherweise ein paar Minuten vor unserer Abfahrt zum Friedhof verabreicht hat.

Valium mit Whisky anstatt einer 16-Millimeter an die Schläfe. Oscar ist mir Abszisse und Ordinate.

Er hat mir geholfen, Mama ins Auto zu setzen, die sich unterwegs nicht ein einziges Mal rührt. Das Radio verbreitet eine Menge ziemlich desaströser Nachrichten. Ich schalte auf einen Musiksender um. Wir hören »Still loving you« von den Scorpions. Mein bester Freund grinst. Mit Rücksicht auf Mama vermeiden wir lautes Lachen. Ich öffne das Fenster einen Spalt. Mir ist nach frischer Luft. Der Zigarettenanzünder funktioniert nicht mehr. Bis zum Friedhof versuche ich, den Glühdraht zu reparieren.

Mama hat ihr Witwenkostüm angezogen. Das kastanienbraune Ensemble verleiht ihr das Aussehen einer rüstigen Stute. Aber sie zittert und zieht die mageren Schultern hoch, obwohl die Sonne scheint, was so gar nicht zur Jahreszeit passen will. Ihre Strahlen wärmen jedoch unsere Rücken, stehlen sich durch die Büsche und kritzeln Schatten auf die Gräber.

Wir haben Mama untergehakt. Sie geht mit kleinen Schritten vorwärts und wirkt ungeheuer zerbrechlich.

Trotz der nicht erschienenen Anzeige haben die Buschtrommeln funktioniert. Fast zweihundert Personen sind erschienen. Wenn man von der Anzahl schwarzer Krawatten und dunkler Sonnenbrillen ausgeht, die sich um Papas Sarg versammelt haben, muss Jean-Paul über ein ausgezeichnetes Sozialleben verfügt haben. Er galt als Gesellschaftslöwe und konnte sich immer so verstellen, dass er als guter Mensch durchging. Die Ausdrücke »liebender Vater« und »treu sorgender Ehemann« sind zu hören. Sie bestätigen meine Theorie hinsichtlich persönlicher Legenden und gelungener Selbstvermarktung: Bei geeigneter Verwendung bringen sie das Ego der größten Lügner zum Strahlen.

Bis zum Schluss ist nichts von seiner wahren Natur nach außen gedrungen.

Gebete werden zu Ansprachen. Im Kirchenschiff taucht plötzlich ein Löwe auf, mit wilder Mähne und einem Brüllen, das uns in die Savanne versetzt. Der

Laut ist das Signal für eine Dia-Show, die nun im Altarraum stattfindet. Wir sehen Jean-Paul, schick gekleidet, mit seinem Colgate-Lächeln, einer Kippe im Mundwinkel und einem blauen Päckchen Gitanes in der Hand. Rauchkringel steigen in den Himmel. Das nächste Bild zeigt ihn vergnügt auf einem Surfbrett beim Wellenreiten. Mein Vater ist ein gut aussehender Mann. Ein athletischer Mistkerl. Wie eine Furie reitet er in einer knapp sitzenden Badehose auf der Gischt und sieht aus wie eine extravagante Mischung aus den Helden meiner Kindheit: ein Zusammenschluss von Danny Wilde und Lord Brett Sinclair. Er ist gleichzeitig Yin und Yang, strahlt eine zerbrechliche Männlichkeit aus, die sich wie eine Seerose für das Leben öffnet und sich dabei gleichzeitig den Naturgewalten aussetzt. Die Bilder breiten sich fächerförmig in der Kirche aus, erhellen den Sarg und liebkosen die weißen Blumengebinde.

Der Dia-Vortrag hat etwas Verblüffendes. Wie in einem Luftschiff scheint Jean-Paul über die Trauergemeinde hinwegzusegeln. Hallo, Houston. Wir sehen ihn als Kriegspilot, Erstkommunionkind, naiven Teenager und als jungen, nach der neuesten Mode gekleideten, schneidigen Mann. Er trägt den Lederblouson, den er immer anhatte, als ich zehn war, und bei dessen Anblick ich mir jedes Mal wünschte, endlich zwanzig zu sein.

Sein Duft ist überall in der Kirche. Ein frisches, würziges Parfüm mit einer Kopfnote von Kardamom und einer anderen, diskreteren von Kumarin. Ein moosiges Aroma. Manchmal roch Papa auch nach Patschuli und Vetiver. Er liebte Düfte und kannte zauberhafte Mischungen. Jean-Paul war in der Lage, das Alphabet der Aromen zu buchstabieren. Für sein Leben gern redete er über besonders gelungene Zusammenklänge und konnte über Muskatellersalbei, Rosenholz, die unergründlichen Geheimnisse des Zimtes, die Mysterien der Kiefernnadeln und die Fülle der Tonkabohne referieren, ohne des Themas je müde zu werden.

Das letzte Bild bringt den Walzer der Rückschau ein wenig aus dem Takt. Es zeigt Vater und Sohn auf einem Spaziergang. Leicht wie ein Kinderspiel. Ein Spätnachmittag an einem jener Sonntage, die er mir manchmal schenkte, als ich noch klein war. Wir laufen durch die hübsch angelegten Gärten eines Parks, an dessen Namen ich mich nicht erinnere.

Mein Vater ist eine Art Gangster. Zwar hat er mir das Leben geschenkt, es dann aber brutal zerstört.

Als ich den Sarg aussuchte, wurde mir eine Auswahl verschiedener Polsterungen gezeigt. Der Angestellte des Beerdigungsinstituts legte großen Wert darauf, mir alles ganz genau zu erklären. Trotzdem muss Papa sich mit synthetischem Satin aus dem Sonderangebot zufriedengeben.

Im Nachhinein überkam mich eine scheußliche Angst. Angst davor, dass meine Kinder und meine Frau dem Sarg ebenfalls hätten folgen können. Dann nämlich hätte die Beerdigung meines Vaters in einem Massengrab geendet.

1978

Ich habe den Film schon hundert Mal gesehen. Ich versuche, meinen Vater mit Sandkuchen zu beeindrucken. Beide buddeln wir wie wild. Er trägt eine Kappe, ich einen Hut. Ich finde, dass ich damit wie ein Mädchen aussehe. Meine Mutter sitzt gegenüber auf einer Bank und betrachtet uns wohlwollend. Ihre Hochsteckfrisur hat etwas Verrücktes.

Meine Eltern wirken wie Steve McQueen und Faye Dunaway in Noddys Spielzeugland. Und ich bin der Sohn, der dieser sonnigen Liebe entstammt. Mit den DNA-Spuren unseres Glücks haben wir diesen Park für immer geprägt. Unsere Geschichte stinkt geradezu nach Frühling und Sorglosigkeit. Die Sonne streichelt unsere Haut, unser Lachen ist weithin zu vernehmen. Wir laufen zu meiner Mutter, um uns zu erfrischen. Papa schüttet mir Wasser über den Kopf und setzt mir dann den Hut wieder auf. Jetzt sehe ich nicht mehr aus wie ein Mädchen, sondern eher wie ein Cowboy. Mein Leben ist ein Italo-Western mit Anleihen an die romantische Komödie. Ich fühle mich in Sicherheit. Im Schatten umarmt Jean-Paul seine Frau und schließt dabei die Augen. Der Kuss ist wie eine Postkarte in Technicolor, ein Druckstock aus Edelstein. Eilig mache ich einen Knoten in mein Taschentuch.

Meine Eltern winken mir zu. Vater lässt seine Familie in Super Acht erstarren. Offenbar verfolgt er mich seit meiner Geburt mit seinem Objektiv. Ich lächele gezwungen, um ihm zu gefallen. Bloß nicht aus dem Rahmen fallen. Mich in den Strahlen seines Lichtes wärmen.

Sowohl Vater als auch Mutter zeichnen mein Leben auf. Die Filme werden in einem Schuhkarton gesammelt. Für diese Menschen bin ich der Nabel der Welt. Mama ist die Muse, Papa der große Weisungsberechtigte. Wie ein Paparazzo hat er keinen meiner großen Augenblicke versäumt. Mein erstes Bad, meine ersten Schritte, mein gitaneblaues Fahrrad. Es ist ein LeJeune.

Der Ledersattel drückt ein wenig am Hinterteil. Nur nichts sagen. Papa keinesfalls enttäuschen. Mich über sein Geschenk freuen. Auf dem Rad sitzen und die Zähne zusammenbeißen.

Mit gebeugtem Rücken schiebt er mich an und hält mich gleichzeitig fest. Seine Lippen bewegen sich schnell. Man errät, dass er mich ermutigt. Der Beginn eines großen Vortrags.

Ich springe auf Jean-Pauls Schoß. Er lässt mich an seinen baumstammgleichen Armen hangeln. Ich halte den Atem an.

Dann wirbele ich um meinen Koloss herum durch die Luft. Immer schneller. Ein improvisiertes Karussell. Ich erkenne mein Spiegelbild in seinen getönten Brillengläsern und jauchze mein Glück hinaus.

Der Wind rauscht in meinen Ohren, mein Herz scheint sich zu senken und zu heben. Und dann nimmt Papa mich fest in die Arme.

Ein weiterer Freudenschrei steigt empor.

November 2013

Es ging ziemlich schnell. Kaum eine Woche nach der Beerdigung. Und dieser Tod betraf mich. Nach anfänglicher Erleichterung wich die Aufregung der Bestattung einem heftigen Schwindelgefühl. Mitten auf der Straße ging ich zu Boden und konnte nicht mehr aufstehen.

Der Arzt in der Notaufnahme spricht von Nachwirkungen. In meinem Kopf scheint ein Meer in Aufruhr zu geraten. Ich werde von riesigen Wogen überrollt und fühle mich wie in einer Waschmaschinentrommel. Ungläubig wie ein Schiffsjunge bei seinem ersten Sturm will ich nur noch den Anker werfen und meinen unbeweglichen, steinharten Körper versenken.

Der Unfall. Die Beerdigung. Oscar erklärt dem Doktor, was in den vergangenen Tagen auf mich eingestürmt ist. Der Arzt zeigt Verständnis und vermutet posttraumatischen Stress wie bei manchen in Afghanistan eingesetzten Soldaten.

Auf Rezept darf ich achtundvierzig Stunden durchschlafen. Es kommt mir vor wie ein hundertjähriger Schlaf.

Nach meinem Schiffbruch bringt Oscar mich in einer möblierten Zwei-Zimmer-Wohnung unter. Ich weigere mich, zu ihm zu ziehen. Nicht nur in seinem Gästezimmer geistert Avas Schatten herum. Er lauert hinter jeder Ecke in Oscars Haus.

Mein Beinahe-Bruder ruft bei der Immobilienagentur an, in der ich arbeite, und erklärt, dass ihr für die Drei-(und-mehr-)Zimmer-Wohnungen zuständiger Mann, ihr Supermakler, der im Jahr 2009 fünf Sterne eingeheimst hat, für einige Zeit ausfällt. Nach zwei Monaten krankheitsbedingter Abwesenheit schindet er zusätzlich noch einen unbezahlten Urlaub für mich heraus.

Oscar sitzt auf meinem Bett und füttert mich. Ich würde ihn gern samt seiner Gemüsesuppe zum Teufel jagen.

»Paul, du musst etwas essen. Du siehst schon richtig verwelkt aus. Und jetzt mach den Mund auf.«

Sanfte Worte, kalte Duschen, Tritte in den Hintern. Während meiner Zeit im Schlafanzug dosiert Oscar die Behandlung so, wie er es für richtig hält.

Er jongliert mit optimistisch aufgepeppten Ansprachen und durchwacht ganze Nächte an meinem Bett. Und ganz, ganz langsam, Schritt für Schritt und in monatelanger Kleinarbeit schafft er es, mich wieder einigermaßen hinzukriegen. Ich habe nichts als wirre Erinnerungen an diese Zeit. Ich bewege mich nicht, starre nur stundenlang die Decke an.

Einzig seinetwegen nehme ich irgendwann wieder Nahrung zu mir. In meinem Mund ist noch der Geschmack von Ava.

Viele tausend Male schreibe ich die Geschichte um. Meine Unaufrichtigkeit treibt mich so weit, Oscar zu erklären, dass meine Frau nicht schuld war. Ich befehle ihm, mir zu glauben. Manchmal flehe ich ihn auch an, je nach Laune und Tagesform.

Oscar besitzt einen Zweitschlüssel. Frühmorgens kreuzt er mit Croissants auf und legt Geld für die Putzfrau auf die Kommode. Er bezahlt meine Rechnungen und kümmert sich um den Papierkram.

Wenn er nicht zum Mittagessen kommen kann, haben wir einen Code vereinbart. Er ruft mich auf dem Festnetz an, lässt es dreimal klingeln und legt wieder auf. Dann wählt er erneut. Ich habe ihm versprochen, auf jeden Fall abzuheben, damit er sicher sein kann, dass in mir verschlafenem Murmeltier doch noch ein Fünkchen Leben steckt. Oscar wird nicht müde, mir seine Litanei vorzubeten:

»Das Leben ist stärker als jeder Verrat. Und das Leben ist auch viel größer als jeder Liebeskummer, mein lieber Paulo. Im Leben gibt es immer einen Platz für Typen wie dich.«

2015

Ein paar miesepetrige, grau melierte und dickbäuchige Geschäftsleute sitzen herum. Drei Paare wie aus dem Wachsfigurenkabinett feiern das, was man in einem Drei-Sterne-Restaurant zu feiern pflegt: das Ende der Lust, den Hochzeitstag. In der Mitte zieht ein nur mit Frauen besetzter Tisch die Aufmerksamkeit auf sich. Fünf langhaarige Amazonen balancieren auf Zwölf-Zentimeter-Absätzen und vergnügen sich damit, Lippenstiftspuren an den Rändern ihrer Champagnergläser zu hinterlassen. Sie lachen aus vollem Hals und wechseln zwischen lautem Geschwätz und geheimnisvoll geflüsterten Vertraulichkeiten. Die Mädels feiern die Scheidung einer der ihren. Man prostet Soundso zu. Soundso gibt sich Mühe, möglichst laut zu lachen. Soundso kippt den Schampus wie Limo, um ihren Schmerz zu verbergen. Ihre Freundinnen flehen den Himmel und irgendwelche Götter an, dass Soundso recht bald wieder in den bodenlosen Brunnen des Lebens zu zweit eintauchen möge, möglichst mit einem reichen und netten Kerl. Ich murmele vor mich hin:

»Wie wäre es mit dem Weihnachtsmann?«

Oscar sitzt starr wie ein Gehenkter vor seiner Blätterteigtarte mit Tomaten und erträgt mich. Seine eng geknotete Krawatte lässt eine Ader an seinem Hals hervortreten und betont seinen Adamsapfel. Gleichgültig gegenüber dem Reigen der Kellner und dem Kreischen der Mädels, bewahrt er seine Worte für Wichtigeres auf.

Bleischweres Schweigen macht sich zwischen uns breit. Nur mit einer schier übermenschlichen Anstrengung gelingt es mir, nicht von ihr zu sprechen. Ein wenig zerstreut bemühe ich mich halbherzig, ihn auszuquetschen. Vergebens. Oscar hat sich in den Kopf gesetzt, die Nase nicht aus seinem Teller zu erheben. In seinen schwarzen Augen brodeln Gefühle. Ein schlechtes Zeichen. Die Flasche Château Palmer 2006 leert sich zügig. Ava drängt sich zwischen Oscar und mich.

Im Spiegel erkenne ich die Folgen meiner Exzesse. Im Gegensatz zu meinem besten Freund ist das Leben wie ein Achtunddreißigtonner über mich hinweggebraust. Von Anfang an war klar, dass von uns beiden immer ich die Rechnung zu bezahlen haben würde – abgesehen vielleicht von Besuchen in teuren Restaurants.

Oscar sagt noch immer nichts.

»Bist du krank?«

»Ich heirate in einem Monat.«

»Dann stimmt meine Vermutung: Du bist wirklich krank.«

»Nein. Ich bin verliebt.«

»Du doch nicht, Oscar.«

»Doch.«

»Aber das ist doch kein Grund. Absolut kein Grund. Und warum erzählst du mir erst jetzt von deinen Absichten? Hättest du nicht schon früher mit mir darüber reden können?«

»Ich habe es versucht, Paul. Aber du warst nicht in der Verfassung, mir zuzuhören. Und außerdem ging es irgendwann ziemlich schnell.«

Ich verspüre das Bedürfnis, ihn in die Arme zu nehmen und zu trösten, aber dann beglückwünsche ich ihn doch nur freundlich.

Meine Geste rührt Oscar sichtlich. Ich ahne, dass er meinen Segen erhofft, und ich schenke ihm die Genugtuung, sage »oh« und »toll« und ziehe ihn von seinem Stuhl, um drei Tanzschritte mit ihm zu vollführen. Das Restaurant hat sich geleert.

Wir bestellen Champagner. Innerlich möchte ich vor Scham weinen, weil ich nicht in der Lage bin, mich wirklich für ihn zu freuen. Vielleicht bin ich ein wenig neidisch. Er setzt das idiotische Grinsen auf, das wir alle irgendwann einmal gezeigt haben.

Mein bester Freund Oscar de Lacours ist sentimental, homosexuell und von Geburt an ein glücklicher Mensch. So etwas ist ein Geschenk der Natur.

1979

Ich trage einen Pilzkopf wie die Beatles zu einem Jacquard-Pulli mit rundem Halsausschnitt und schäme mich fast zu Tode. Mit puterrotem Gesicht gehe ich langsam unter den Platanen des Schulhofs auf und ab. Ich bin neu im Viertel und krankhaft schüchtern. Oscar ist der Big Boss der zweiten Grundschulklasse und der Erste, der mich anspricht. Wie ein kleiner König wird er von einem Schwarm Getreuer begleitet, von Richard, Alexandre und Mathieu, den alle nur »den Dicken« nennen. Sie alle kennen sich seit dem Kindergarten und sind ziemlich freche Jungs. Sie basteln Blasrohre und zielen auf die Waden der Mädchen, die Hosenröcke tragen und Gummitwist spielen. Sie beschmieren Wände mit Kreide, werfen mit Steinen nach Tauben und tauschen Panini-Bilder mit den Großen aus der dritten Klasse. Rocheteau, Tigana, Platini, Trésor, Giresse – Oscar besitzt die komplette Nationalmannschaft. In seinem grauen Schulranzen von Tann's versteckt er Jean-Luc Ettori, den er dreifach hat. Oscar gibt mir Treets und bekommt von mir dafür Fruchtschnecken.

Eines Mittwochs lädt er mich zu sich nach Hause auf ein Glas Orangensaft ein. In der folgenden Woche ist sein Geburtstag. Er wird acht, und das muss natürlich gebührend gefeiert werden. In seinem Zimmer hat er einen riesigen Goldorak und im Keller einen Mini-Flipper. Als Captain Harlock verkleidet pusten wir gemeinsam die Kerzen auf seiner Geburtstagstorte aus. So etwas schafft natürlich Bindungen.

Oscar stürzt sich fröhlich ins Leben, ich hingegen bin zögerlicher. Er ist pfiffig und hält sich mit der Lässigkeit eines Popstars an der Spitze der Klasse. Ich stehe in allen Fächern in seinem Schatten, aber ich wäre bereit, ihm den Mond vom Himmel zu holen.

Weil das jedoch nicht geht, prügele ich mich für ihn. Ohne seine Bande ist Oscar mit seiner schmalen Gestalt, den schmächtigen Schultern, dem Hals eines Vögelchens und den spindeldürren Beinen auf dem Schulhof auf den ersten Blick als ein Fliegengewicht zu erkennen. Die Muskelprotze der Schule werden nicht müde, ihn heimlich als »kleine Schwuchtel« zu verhöhnen. Mit Boxhieben und Kopfstößen werde ich auf meine Art zu seiner und meiner Lebensversicherung. So etwas nennt man eine Win-Win-Situation.

2015

Das Autoradio krächzt. Mit der flachen Hand versetze ich ihm einen ordentlichen Klaps, um die Frequenz wiederzufinden. Die Jazzmelodie bricht ab, Billie Holidays samtene Stimme verstummt. Es war ein schöner, machtvoller Song: »Baby get lost«. Der Umweltlärm fordert wieder sein Recht, ein Motorrad drängt sich jaulend zwischen den im Stau stehenden Autos hindurch.

Es regnet und stürmt. Die Scheibenwischer meines alten R4 L quietschen angestrengt. Wasser strömt über die Windschutzscheibe. Von innen ist die Scheibe beschlagen und trübt die Aussicht. Im Fahren wische ich sie mit dem Jackenärmel frei. Autoscheinwerfer zucken weiß und rot, stumme Blitze zerreißen den Himmel. Ich bin zwanzig Minuten zu spät dran. Innerhalb von sechzehn Jahren hat Ava es geschafft, mich mit ihrer Krankheit anzustecken: erst zum Zeitpunkt der Verabredung aufzubrechen und so mein Leben in einen Dauersprint zu verwandeln.

Oscar erwartet mich am Ausgang B, Halle C. Der Parkplatz ist voll. Drei Straßen weiter gebe ich auf und stelle meine Schrottschleuder auf einem Lieferantenparkplatz ab. Die Inschrift über dem Haupteingang lässt keinen Zweifel zu: Ich befinde mich auf der *Hochzeitsmesse Trau Dich*. Scheißidee.

Oscar winkt mir zu.

»Tut mir leid.«

»Ach was, ich kenne dich doch, mein lieber Paulo. Allerdings hoffe ich, dass du es wenigstens an meinem großen Tag rechtzeitig schaffst.« Mit entwaffnendem Lächeln klappt er den Regenschirm zu und geht voraus. »Nett, dass du gekommen bist.«

Seinem gesenkten Blick ist zu entnehmen, dass sich mein bester Freund nicht besonders wohlfühlt. Tausende winziger Birnchen an der Decke umgeben ihn mit einem mächtigen Heiligenschein. Licht liegt wie eine Krone auf seinem Haar und unterstreicht seine Erstkommunikanten-Aufmachung. Aber dem Anschein sollte man schließlich nie trauen. Seine Samthose fällt auf die Richelieu-Schuhe und lässt im Gehen dann und wann seine roten Socken hervorblitzen. Oscar hat einen Sinn für ausgesuchte Details.

Gemeinsam haben wir die Welt der Freundschaft erkundet. Um ganz ehrlich zu sein, hat er sie mit mir eher durchgestanden. Abgesehen davon, dass es ihm gelungen ist, mich hierher zu schleppen, habe ich ihm in den letzten zwei Jahren nicht viel geboten. Aber Oscar weiß Bescheid. Eigentlich weiß er besser als ich selbst, wer ich im Grunde bin. Ich war nicht immer so wie heute. Im vergangenen Jahrhundert war ich noch etwas wert.

1980

Zum ersten Mal bekomme ich die Erlaubnis, einen Freund einzuladen, bei mir zu übernachten. Meine Mutter hat ihm ein Bett in meinem Kinderzimmer aufgestellt. Es ist ein Feldbett mit goldfarbenen Federn, die quietschen, wenn man sich umdreht. Sie hat es zusammen mit Jean-Pauls grauer Decke aus dem Keller geholt. Mein Vater nimmt diese Decke manchmal mit ins Büro, wenn er beschließt, für ein paar Tage zu verschwinden.

Auf allen vieren hilft Papa uns, die Carrera-Bahn aufzubauen, die wir am Tag zuvor gemeinsam als mein Geburtstagsgeschenk ausgesucht haben.

Mein Vater ist auf jeden Fall etwas ganz Besonderes.

Ein blonder Riese, dem man seine nordischen Wurzeln deutlich ansieht. Von Natur aus verfügt er über eine kraftvolle Autorität, verwandelt sich aber sofort, wenn er sich in meiner Nähe aufhält. Manchmal spiegelt sich Zärtlichkeit auf seinem kantigen Wikingergesicht. Es kommt selten vor, erscheint dann jedoch umso wertvoller. Ohne Vorwarnung strömt Sanftmut in seine Augen und verwandelt sein Aussehen. Und dann strahlt sein breites Lächeln auf.

Er ist ebenso extravagant wie sportlich, dazu penibel und sehr eigenwillig. Seine kraftvolle Aura bringt mich manchmal gegen ihn auf, kann mich aber auch in seinen Bann ziehen. In Jean-Pauls Nähe habe ich niemals Angst. Papa steigt aus seiner Höhe hinab, faltet die langen Beine ein, kommt auf meinem Niveau an und hockt sich neben mich. Wir erfinden neue Lego-Welten, legen ganze Nachmittage lang riesige Puzzles, und vor allem spielen wir Fußball wie die Götter.

Oscar und ich liefern uns mit den Carrera-Boliden ein verrücktes Wettrennen. Bei Tisch stellt Papa ihm eine Menge Fragen. Mein Freund bleibt gelassen und erklärt die Arbeit seines Vaters bis ins Detail, ehe er Jean-Paul über seinen Beruf als Architekt ausfragt. Er möchte wissen, wie viel mein Vater verdient. Erst später lässt er sich über die Pracht des Schlosses seiner Familie aus. Oscars Schlitzohrigkeit ist teils erstaunlich, teils amüsant.

Sein Erscheinen in unserem trauten Familienkreis

fühlt sich an wie ein Schwall frischer Luft. In der Nacht erbricht Oscar den Makkaroni-Auflauf, mit dem er sich am Abend vollgestopft hat. Mama zieht ihm meinen Lieblingsschlafanzug an, den mit der geknöpften Jacke und der himmelblauen Hose. Sie stellt ihm einen Eimer ans Bett, misst Fieber und bringt ihm ein Glas Wasser. Auch Papa kümmert sich um ihn. Er streichelt ihm sanft über die Stirn.

Ich stecke mir zwei Finger in den Hals und bemühe mich krampfhaft und vergeblich, ebenfalls zu brechen.

Am nächsten Tag fährt mein Vater uns ins Schwimmbad. Ich habe eine Heidenangst. Oscar taucht, berührt den Boden und krault mehr schlecht als recht, aber er hat keine Angst, und vor allem braucht er nicht diesen dämlichen Schwimmreifen, der meinen Bauch einschnürt und bei dessen Anblick ich am liebsten heulen würde.

Papa sitzt am Becken und ist in seine Aufzeichnungen vertieft. Kaum, dass er den Kopf hebt, um Oscar zu ermuntern. Danach stürzt er sich sofort wieder in seine Arbeit und versäumt meinen geglückten Kopfsprung. Jean-Paul geht niemals ohne sein schwarzes Spiralheft aus dem Haus, in dem er ständig herumkritzelt.

Einmal habe ich es riskiert, heimlich hineinzuschauen. Die Seiten sind bedeckt mit seiner kleinen, etwas geneigten Schrift, mit Skizzen, Plänen, Telefonnummern und Initialen. An den Rändern stehen Zahlen. Mindestens fünf weibliche Vornamen sind durchgestrichen, nur ein einziger taucht oft genug auf, um ihn zu entziffern: *Camille*. Es ist nicht der Vorname meiner Mutter.

Im folgenden Sommer laden wir Oscar in die Berge ein. Papa mietet jedes Jahr ein bildhübsches Chalet, das er selbst entworfen und dessen Bau er geleitet hat. Für ihn sind die Ferien die Gelegenheit, sich mit seinen Freunden zu treffen. Ganze Familien fallen von überall her bei uns ein. Es geht zu wie in einem Bienenstock. Papa führt Wanderungen und organisiert Picknicks auf Berggipfeln. Er nimmt uns mit auf Gletscher und Rafting-Touren und zeigt uns Klettertechniken. Abends gibt es tolle Abendessen mit der ganzen Bande, und Papa improvisiert heitere Spieleabende. Manchmal schließen sich die Männer mit ihm zu ausgedehntem Kartenspiel ein, das für uns Kinder strengstens verboten ist. Jean-Paul hat immer das Heft in der Hand. Er ist das leuchtende Zentrum und der Nabel der Welt. Die Frauen seiner Freunde verschlingen ihn mit Blicken. Er ist der Mann ihrer Träume. Mama verzieht sich in ihre Küche und hält auf sanfte Art Abstand zu den Kämpfen der Großen. Ich laufe am allerliebsten am Ende der Herde.

2015

Eng nebeneinander gehen wir durch die überheizten Gänge des Messesalons, wie verloren auf diesen zweitausend dem Leben zu zweit geweihten Quadratmetern. Alles ist entweder bemalt oder mit großen Schleifen aufgebauscht und wird mit fader Musik berieselt. Seit unserer Ankunft habe ich sieben Lagunen und drei smaragdgrüne Wasserfälle gezählt. Am dritten Stand, der dem Gelingen des schönsten Tages seines Lebens gewidmet ist, begreift Oscar endlich, dass mir der Sinn so gar nicht nach Honeymoon steht. Bitter enttäuscht erklärt er mir, dass es ihm unendlich leidtue, mich hergeschleppt zu haben.

Ich habe ein schlechtes Gewissen, dass ich meine üble Laune an ihm auslasse, lege ihm den Arm um die Schultern, ziehe ihn an mich und versuche, meine eigenen Befindlichkeiten hintanzustellen.

Ein arroganter Schnösel bietet zukünftigen Brautleuten, die sich finanziell übernommen haben, das Sponsoring ihrer Hochzeit mithilfe von Werbebeilagen und wiederverwertbaren Prospekten an.

»Anzug, Brautkleid, Deko, Musik, Champagner und Dessert. Holen Sie sich die kostenlose Gratishochzeit!« Um das Publikum anzulocken, schreit eine in einen Frack gewandete Hostess in den höchsten Tönen in ein Mikro: »Für siebenhundert Euro arrangieren wir Ihnen den schönsten Tag Ihres …«

»Ja, was denn nun? Ist der schönste Tag nun gratis, oder kostet er siebenhundert Euro?«

»Die siebenhundert Euro werden lediglich als Unkosten für den Antrag fällig. Anschließend liefern wir Ihnen alles umsonst, vorausgesetzt natürlich, Sie sind bereit, an diesem Abend unsere Partner zu unterstützen.«

Ein paar Schritte weiter bietet ein kränklich aussehender Mensch die Ausrichtung einer hundertprozentig ökologischen Feier an. Er preist den Vorüberschlendernden die Vorzüge seiner Becher und der dazu passenden Teller aus Juraholz an. Dabei hat er wirklich an alles gedacht, angefangen beim Tischtuch aus fair gehandelter Baumwolle bis hin zum pestizidfreien, eigens für den Empfang gedachten Apfelsaft aus der Normandie. Er unterhält sich gerade angeregt mit einem ziemlich weibisch wirkenden Hochzeitsplaner. Dieser Mann brüstet sich damit, zu einem geradezu lächerlichen Preis zwei Tiger oder drei Elefanten für die Feier zu besorgen. Der Preis steht auf einer Schiefertafel: 1200 Euro plus Mehrwertsteuer für zwei Stunden oder 2000 Euro plus Mehrwertsteuer für einen ganzen Abend. Im zweiten Fall erhält die Braut Gelegenheit, einen Tiger an der Leine an ihren Gästen vorbeizuführen.

Der tollste Traumverkäufer sieht ein wenig wie der Radrennfahrer Bernard Hinault aus. Er verkauft Hochzeiten, an denen falsche Promis teilnehmen. Im Angebot hat er Doppelgänger von Mireille Mathieu und Omar Sy, aber der Knaller in seinem Repertoire ist der »Glamouröse Filmabend« mit berühmten Schauspielerpaaren wie Richard Burton und Elizabeth Taylor oder Johnny Depp und Vanessa Paradis. Dabei interessiert niemanden, dass die beiden ersten sich gegenseitig das Leben zur Hölle gemacht haben und die beiden anderen längst getrennt sind. Als Schnäppchen gibt es Bernadette Chirac und Jean Dujardin.

Oscar bleibt von alldem ungerührt. Die Augen fest auf seinen Plan geheftet, schlängelt er sich zwischen Kleidern hindurch, die wie Sahnebaisers aussehen. Dabei wird er immer schneller. Die Standnummern huschen nur so vorbei.

Vor einer ganzen Brigade von Kleiderbügeln aus Holz steht ein Frack- und Zylinderverleiher mit einem Bügeleisen. Er betreibt seine Selbstdarstellung mit viel Stil. Seine vergoldeten Manschettenknöpfe blenden die Vorübergehenden. Eine junge Frau mit beeindruckender Oberweite verteilt Prospekte, in denen unterschiedlich große Zelte für den Empfang angeboten werden. Mit knapper Not entwischen wir zwei bärtigen Typen, die uns an ihren Stand mit Luxuslimousinen lotsen wollen.

Vor einer Boutique für Blumenkinder muss ich eine Pause einlegen. Der zehn Quadratmeter große Stand hat sich ganz und gar der Begleitung durch kurz behoste Knirpse verschrieben. Für den späten Abend gibt es Rabatt auf Trios: zwei Jungen, ein Mädchen oder zwei Mädchen und ein Junge – alle jünger als dreizehn Jahre. Die innovative Idee stammt von einem Elternpaar mit zehn Kindern. Der Vater ertrinkt fast in seinem Anzug und starrt verzweifelt Löcher in die Luft. Madame trägt einen Faltenrock, eine fleischfarbene Strumpfhose und flache Schuhe, hat sich offensichtlich mit Prozac gedopt und geht auf Kundenfang.

»Sie können sich die Farbe der Gürtel für die Jungen und die der Haarreifen für die Mädchen selbst aussuchen. Ist das nicht entzückend?«

Wir machen kehrt. Geradezu trunken von dieser Hochzeitsorgie wende ich mich diskret dem Ausgang zu. Oscar fängt mich wieder ein. Er will mir unbedingt jemanden vorstellen.

»Du wartest an der Bar und rührst dich nicht vom Fleck. Versprochen?«

»Versprochen.«

Er legt mir die Hand auf den Arm. Seine bestimmende Art versetzt mich zurück in unsere Kindheit. War er nicht schon immer der Schlossherr?

1981

Wir verfolgen die Wahl von Mitterrand am Fernseher. Die Lage ist ernst. Oscars Eltern spielen ernsthaft mit dem Gedanken, das Land zu verlassen, weil sie die baldige Ankunft sowjetischer Panzer befürchten. Der giscardtreue, konservative Adel Frankreichs lädt mich über den Sommer in sein am Meer gelegenes Anwesen ein.

Meine Mutter kümmert sich um meinen Koffer, mein Vater begleitet mich. Von Haus zu Haus sind es drei Stunden Fahrt. Dabei scheut Jean-Paul weder Kosten noch Mühe und holt seinen alten MG B 1,8 von 1965 aus der Garage, ein flaschengrünes Cabrio mit einem Edelstahlauspuff, Felgen im Minilite-Design und einem Holzlenkrad auf der rechten Seite. Der Beifahrersitz ist links.

Bis zu diesem Tag erfolgten Familienausflüge immer in einem Citroën GS Club Kombi mit karamellfarbener Innenausstattung, der sorgfältig nach den Kriterien von Qualität und Komfort für meine Mutter ausgesucht worden war. Mama darf den MG nicht fahren. Der Engländer ist die Leidenschaft Jean-Pauls, sein Kindheitstraum, den er am Tag nach seinem zwanzigsten Geburtstag vom Erbe seines verstorbenen Vaters gekauft hatte.

Die zweihundertfünfzig Kilometer weite Fahrt, die erste in diesem Gefährt nur unter uns Männern, ist ein Ereignis. Ich klebe mit einer Straßenkarte auf dem Schoß hinter der Windschutzscheibe und will möglichst unsichtbar bleiben. Nicht eine Sekunde lang ist mir danach, ein Gespräch zu beginnen. Selbst dass ich furchtbar nötig einmal austreten müsste, behalte ich für mich.

Schon seit ein paar Tagen wirkt Papa wie ein ungezähmtes Tier: unergründlich. Das Weiße in seinen Augen kommt mir vor wie der Vorbote eines Sturms. Es fängt immer langsam an, aber wenn seine innere Unruhe offenbar wird, juckt es mich am ganzen Körper.

Mein Vater verbirgt seine Augen hinter einer schwarzen Sonnenbrille, hat eine Gitane im Mundwinkel und schweigt. In regelmäßigen Abständen wendet er sich mir zu und lächelt geheimnisvoll. Trotz des Mangels an Gesprächsstoff vergeht die Reise wie im Flug.

Das Schloss ist kaum mehr als eine Ruine am Meer. Die geisterhaften Überreste thronen zerbrechlich oberhalb einer Straße. Man kann sie von der Nationalstraße aus sehen. Bei ihrem Anblick denke ich unwillkürlich an ein Gefangenenlager oder ein Internat. Ich bin neun Jahre alt. Es ist das erste Mal, dass ich das Meer auf diese Weise wahrnehme.

Das erste Mal, dass ich auf eine Klippe steige. Das erste Mal, dass mich die Leere unter mir anzieht.

Das erste Mal, dass ich die Sonne so hoch am Himmel sehe.

Das erste Mal, dass ich zuschaue, wie sie brutal wie eine Stoffpuppe in die Wellen stürzt und versinkt.

Der Motor schweigt. Vater wirft einen langen Schatten, als er mich vor dem Tor des Schlosses allein lässt. Einen Gruß und einen Kuss später fährt der MG rückwärts. Ich tauche in eine fremde Welt ein.

Oscars Vater ist Versicherungsmakler. Er geht gern angeln und verbringt viele Stunden eingeschlossen in seinem Büro. Den Schlüssel dazu trägt er um den Hals. Manchmal klimpert er gegen sein Taufkettchen. Vor allem am Strand klingt er irgendwie merkwürdig, dieser große Mann mit seinem umgebundenen Schlüssel.

Seine Frau Marie-Thérèse ertränkt ihre Langeweile in der Lektüre von Liebesromanen. Manchmal weint sie heimlich in ihrer großen, gekachelten Küche. Oder sie bricht vor unseren Augen zusammen, weil sie sich an einem Käsesoufflé verbrannt hat. Hin und wieder seufzt sie auch und atmet tief ein. Mittwochs backt sie Kuchen für die Waisenkinder im Libanon, am Wochenende leitet sie den Kirchenchor. Das Schweigen von Oscars Eltern ist wie die Stille in einer Kathedrale. Sie sprechen niemals vor uns Kindern, außer um uns in die Messe zu schicken. Wir stibitzen ihnen Zehn-Franc-Stücke, während sie am Frühstückstisch sitzen.

Oscar beschäftigt sich mit einer Tasse Kakao und will von mir wissen, ob meine Eltern noch miteinander schlafen. Ich kann seine Frage nicht beantworten, denn ich habe sie mir selbst nie gestellt. Ich weiß nur, dass Frauen oft eine angespannte Haut am Hals bekommen, wenn sie meinen Vater betrachten.

Ich lerne Caroline als Erster kennen. Caroline ist eine alte Dame von dreizehneinhalb, ein wenig vulgär. In den eindeutigen Briefchen, die sie an Oscar schreibt und die sie mich auszuliefern bittet, malt sie kleine Kreise auf den Buchstaben i. Caroline weiß alles, was ich nicht weiß, und spielt mit meiner Ahnungslosigkeit. Mir läuft das Wasser im Mund zusammen. Ich träume jede Nacht von ihr. Oscar wird ihr Hinterteil sehen dürfen. Ich nicht. Und den ganzen Rest ebenfalls. Das Wäldchen aus krausem Haar, die kleinen, festen Brüste, die unter ihrem weißen Top sprießen.

Ich hätte alles darum gegeben, mit Oscar tauschen zu dürfen, so sehr begehrte ich Caroline. Aber dem Schlossherrn gebührte die Ehre, sie hinter der Düne in Form eines Kleeblatts bewundern zu dürfen.

Wie ein alter Trucker macht Oscar kaum Aufhebens von seiner Eroberung. Er vergisst Caroline ziemlich schnell. Mir fehlen die Worte, ihm zu sagen, wie sehr ich seine Kraft und seine Ungezwungenheit bewundere. Er macht sich über alles nur lustig. Das Leben zerrinnt zwischen seinen Fingern. Er lässt sich kiloweise pures Gold durch die Lappen gehen.

Ehe er Frankreich wegen der russischen Panzer verlassen muss, will Oscar mir unbedingt ein Abschiedsgeschenk machen. Wir durchqueren einen Flügel des Schlosses und schlängeln uns durch eine Luke. Dann müssen wir noch ein Stück bis zu einem Loch in der Mauer kriechen, durch das wir das Bad seiner Eltern in voller Größe überblicken können. Der giscardtreue, konservative Adel Frankreichs genießt gerade ein heißes Bad. Oscars Mama sieht recht knackig aus. Ich finde Oscars Idee ziemlich seltsam und schließe die Augen. Oscar lacht und bezeichnet mich als Schwuli. Ich ärgere mich, zumindest ein bisschen. Aber die Mutter meines Freundes ist für mich unberührbar. Unter allen Umständen. Familie ist etwas Heiliges.

2015

Ich warte geduldig am Tresen. Oscar steht auf der anderen Straßenseite und lässt sich Zeit. Von irgendwoher hat er eine junge Frau herbeigezaubert. Sie ist groß, mindestens eins siebzig. Ihr braunes Haar ist kurz geschnitten und wuschelig, sie hat vorwitzige Brüste, und ihre mausgrauen Leggins sind bis zur Hälfte ihres runden Bauchs hochgezogen. Kein Zweifel, Mademoiselle ist hochschwanger. Der Bequemlichkeit halber trägt sie Laufschuhe.

Als sie aus dem Schatten tritt, leuchtet Oscars Gesicht auf. Die dunkelhaarige Frau geht selbstsicher auf ihn zu. Sie hat einen sinnlichen Mund, runde Wangen und eine Stupsnase. Mit etwas müdem Gesicht plaudert sie vertraulich mit meinem Freund. Von meinem Platz aus könnte ich ihr die Worte von den Lippen ablesen, mache mir aber nicht die Mühe. Stolz kommt Oscar auf mich zu und erklärt:

»Meine Hochzeit ist längst organisiert, Paul. Sie wird weder nach ökologischen Kriterien ausgerichtet, noch reiten wir auf einem Elefanten ein. Und auch der Friseur an der Ecke wird seine Finger nicht im Spiel haben. Wir feiern ein einfaches und schönes Fest, und zwar noch vor der Geburt meines ersten Kindes, das Corinne freundlicherweise für mich austrägt. Wie es aussieht, wird es ein Junge.«

Seine Erklärung trifft mich wie ein Erdbeben der Stärke acht Komma fünf auf der Richterskala. Mir ist, als hätte ich massenhaft Staub geschluckt. Mit offenem Mund lächele ich dämlich zu seiner Eröffnung, ehe ich ihm, ohne lange nachzudenken, um den Hals falle. Auch Corinne mit ihrem runden Bauch umarme ich.

Ihre Antwort auf meinen Ausbruch ist ein fröhliches Lachen. Es übertönt seine Stimme. Die Idee verdreht mir den Kopf.

»Weißt du, Paul, das muss unbedingt begossen werden.«

Ich trinke einen doppelten Wodka mit Eis und erhebe mein Glas auf die Gattung Mensch. Oscar der Schreckliche legt seine Hand auf den Bauch seiner neuen besten Freundin. Corinne saugt Limo mit einem Strohhalm. In den Eiswürfeln in meinem Glas spiegelt sich ein dreidimensionaler Moby Dick. Gott, ist dieser Wal schön!

Als Kind hatte Corinne Lehrerin, Reitlehrerin oder Tierärztin werden wollen. Dreißig Jahre später ist sie eine Drei-Sterne-Leihmutter. Zwei Schwangerschaften für andere hat sie bereits hinter sich und zwei hübsche Babys geboren, an denen alles dran ist. Babys mit großen Mandelaugen, ein Erbe der asiatischen Herkunft ihrer Großmutter väterlicherseits. Beide Kinder hatten bei der Geburt wenig Haare, dafür aber von Anfang an ein strahlendes Lächeln. Ein Junge und ein Mädchen. Zum Preis von fünfzigtausend Euro pro Baby. Corinne hat einiges von dem Geld zurückgelegt. Das ist wichtig, um die Zukunft zu sichern.

Ohne ein Blatt vor den Mund zu nehmen, spricht sie über ihr Leben. Sie kennt die Methode der Leihmutterschaft aus einer Schule in Miami, wo sie als Au-pair-Mädchen arbeitete. Dort hatte sie die Idee und spürte ihre Berufung. Schwangerschaft, Geburt, Bezahlung und Tschüss. Leihmütter halten keine Verbindung. Sie erklärt, nicht zu wissen, ob sie eine gute Mutter wäre, erwartet aber offenbar, dass ich das Gegenteil behaupte. Ich füge mich und ernte ein süßes Lächeln als Belohnung. Ein Lächeln, mit dem sie einen wütenden Dobermann besänftigen könnte. Sie hofft, eines Tages die große Liebe zu finden.

»Die steht leider nicht an jeder Ecke herum.«

Aufmerksam und ruhig lausche ich ihrem Lebensentwurf. Oscar hat sie über Freunde kennengelernt.

Er verfügt über ein breit gefächertes Netzwerk. In ihrem Milieu genießt Corinne einen ausgezeichneten Ruf. Ich stecke mir eine Zigarette an.

Oscar wünscht sich die Zukunft anders. Ihm wäre es lieber, wenn sein Sohn diesen Bauch wiedersehen dürfte und wenn eine Verbindung zwischen ihnen bestehen bliebe. Begeistert pflichte ich ihm bei:

»Warum kann sie nicht seine Patin werden?«

Oscar ist schließlich auch Martins Pate.

Seit zwei Jahren habe ich meine Kinder nicht mehr gesehen und fühle mich wie ein anonymer Samenspender. Ein Spermienlieferant. Sicher habe ich moderne Ansichten. Aber ich habe Schlimmeres getan, als eine Leihmutter dafür zu bezahlen, meine Kinder in die Welt zu setzen. Ich habe Ava geliebt.

Die Leihmama verabschiedet sich.

»Pass auf dich auf, Liebling.«

Die Erinnerung an meine Kinder schlägt mir auf den Magen.

2015

Es tröpfelt noch immer. Die Lichter der Messe hinter uns blinzeln stetig. Langsam gehen wir zu meinem Auto. Irgendwann biegt Oscar links ab. Aber wir trennen uns nicht für lange Zeit. Morgen will er mir seinen zukünftigen Ehemann vorstellen. Angeblich hat er seinem Verlobten schon viel von mir erzählt. Viele Stunden hat er ihm von uns berichtet, von der Schule und den Dummheiten, die wir gemacht haben. David weiß alles über Ava und auch über Jean-Paul. Wir würden uns wohl gut verstehen. Oscar meint, dass David ebenso gespannt ist wie ich. Bei Oscar weiß ich nie genau, was hinter seinen Worten steckt. Und manchmal vergesse ich, dass er ein wenig Mitschuld an meiner heutigen Lage trägt.

Dass er es war, der mir Ava vorgestellt hat.

Ich umarme ihn, und er verschwindet in der Dunkelheit. Ich drehe den Zündschlüssel. Der R4 springt nicht an. Ich verzichte darauf, einen Abschleppdienst zu rufen, und winke ein Taxi heran. Wir fahren an einem Standesamt vorbei. Es ist verrückt, aber Standesämter erinnern mich immer an meine Hochzeit. An jenen Morgen im September 2000. Die Sonne glüht auf dem Vorplatz, mein Vater wischt sich den Schweiß von der Stirn. Er hat das Jackett ausgezogen und verknautscht es, indem er es über die Schulter wirft.

Jean-Paul kommt von hinten und breitet seine langen Arme aus. Die Umarmung kommt mir ehrlich und schön vor. Zu dieser Zeit bin ich bereit, alles von ihm anzunehmen. Selbst einen Todeskuss. Im Mercedes höre ich meinen Vater flüstern. Irgendwann ist Ava an der Reihe, mir den Ring an den Finger zu stecken. In guten und in schlechten Zeiten. Tödliches Schweigen.

»Ja, ich will.«

Oscar war ein ganz wunderbarer Trauzeuge. Meine Mutter spricht heute noch manchmal davon. Wegen der Alexandriner. Mittlerweile lebt sie in einem großen Haus auf dem Land. Zweimal täglich kommt eine Schwester mit einem Tablett. Die vielen bunten Pillen sind nicht leicht einzunehmen. Manchmal verschluckt sie sich. Dann verzerrt sich ihr Gesicht, und ihr ganzer Körper windet sich. Ich finde es schrecklich, sie in diesem Zustand abzuholen. In meiner Brieftasche bewahre ich ein altes Foto von ihr auf. Aus einer Zeit lange vor dem Albtraum. Sie trägt ein violettes Kleid und sieht glücklich aus. Einen Arm streckt sie dem Objektiv entgegen. Sie fleht meinen Vater an, sich für die Aufnahme zu ihr zu gesellen. Jean-Paul stellte sich zwar sein Leben lang gern zur Schau, Fotos jedoch hat er immer gehasst. Paradox, aber so war er. Papa verbarg sich stets hinter einer Maske und kontrollierte ständig seine Erscheinung. Sein eigenes Bild ertrug er nicht.

Damals gab es noch keine Leihmütter. Und auch noch keine Homo-Ehe. Man konnte keine Blumenkinder mieten; das Leben hatte eine andere Farbe. Die Welt war noch schwarz-weiß.

Oscars Rede ist ein langes Gedicht über unsere Kindheit. Ein sauberer, geschliffener Text. Seine Worte berühren die gesamte Gesellschaft. Danach spricht mein Vater und bringt alle Anwesenden zum Lachen. Jean-Paul spult das Leben zurück, schreibt die Geschichte neu und zeichnet meinen Werdegang, meine ersten, schwerfälligen Schritte, bei denen er mir wohlwollend unter die Arme greift.

An jenem Abend schenken mir die beiden wichtigsten Männer in meinem Leben ein erhabenes Fest. Ich lasse Avas Hand lange Zeit nicht los und bleibe den ganzen Abend in ihrer Nähe. In jedem Spiegel sehe ich meinen Vater, der unbeweglich hinter uns steht.

Vielleicht findet er mich lächerlich. Vielleicht wundert er sich, der Erzeuger eines derartigen Spinners zu sein, vielleicht ist er aber auch nur neugierig, wie weit ich meiner Frau folgen kann – er, der seine eigene Frau ständig abhängt.

1983

Das Büfett sieht aus wie eine Kantine. Unser Tisch ist ganz hinten im Restaurant und steht fast zwischen den grünen Vorhängen. Sie sind viel zu lang und enden in einer Falte auf dem Boden, als hätte jemand sie auf den grauen Teppich erbrochen. An den Wänden ziehen pastellfarbene Vögel vorbei. In der Mitte wird die Harmonie der Voliere durch eine dicke Gans gestört, die sich mit einer deprimierten Ente streitet. Die Dekoration ist nicht schön, sondern nur funktionell. Hierher kommt man, um rasch seinen Hunger zu stillen, und nicht, um im Kerzenschein die Welt neu zu erschaffen.

Wir gehen selten hin, und nie ohne meinen Vater, der sich hier bestens auskennt. An diesem Mittwoch hat Jean-Paul auf einer Baustelle zu tun. Zweiundsiebzig Stunden Dienstreise nach Nord-Pas-de-Calais. Ohne besonderen Grund beschließt meine Mutter, dem Alltag zu entfliehen und sich und mir etwas zu gönnen. Die Idee kommt ihr gegen halb zwölf. Mit abwesender Miene betritt sie mein Zimmer, greift mit den Zehen nach einem Legostein und verkündet, dass wir beide uns am Nachmittag *Star Wars Episode VI* im Kino anschauen und vorher im Restaurant zu Mittag essen würden. Sie sagt es, als wäre es das Normalste auf der Welt.

Sie verlangt, dass ich mir die Hände wasche, und zieht dann einen leichten Mantel über eines meiner Lieblingsstücke, ein locker sitzendes Kleid aus dunkelblauem Flanell mit zwei im Rücken gekreuzten Trägern, das ihr bis zu den Knien geht und sie wie eine Studentin aussehen lässt.

Tageslicht scheint sich in diesem Lokal nicht halten zu können. Trotz des Sonnenscheins flackern die Neonröhren. Innerhalb von zwanzig Minuten verlieren die Kunden am All-you-can-eat-Büfett jegliches Zeitgefühl.

Meine Augen sind wieder einmal größer als mein Magen. Ich häufe eine Dreifachportion Fritten auf meinen Teller und verliere die Hälfte davon auf dem Weg zum Tisch. Seltsam ist, dass meine Mutter nichts dazu sagt. Sie widerspricht noch nicht einmal, als ich beim Kellner eine zweite Flasche Coca-Cola bestelle.

Wir essen oft zu zweit allein. Aber ein Mittwoch in der Küche ist weniger formell als in diesem Restaurant. Man fühlt sich weniger von seinen Nachbarn beobachtet. Zu Hause stellt Mama mir immer Fragen, erzählt mir etwas oder macht mir Vorwürfe, während sie die Soße meines Hacksteaks entfettet.

Ich schiebe ihr Schweigen auf eine gewisse Schüchternheit. Wahrscheinlich beeindruckt es sie, sich ganz allein mit mir an diesem Ort aufzuhalten. Ich rutsche auf meinem Stuhl hin und her. In ihren weit entfernt weilenden Augen erkenne ich, dass sie davon zwar ein wenig genervt ist, aber längst nicht genug, um dieser neuen Lethargie zu entkommen. Sie wirkt geheimnisvoll und wie verzaubert.

Wir sind ein eingeschworenes Team, wir beide. Wenn sie mich abends umarmt, flüstert sie mir zu, dass wir Verbündete sind. Es erinnert mich an Kriege und die Geschichte vom standhaften Zinnsoldaten, die sie mir vor gar nicht allzu langer Zeit als Gutenachtgeschichte erzählt hat. Ich sehe den kleinen Soldaten wieder vor mir, der nach einer langen Reise in den Ofen geworfen wird. Er steht da, auf seinem einzigen Bein, und brennt nur für die Tänzerin aus Papier. Die junge Dame blickt mit ausgestreckten Armen in das Feuer und sieht den Soldaten an, der auf seinem Scheiterhaufen verbrennt, bis der Wind sie ebenfalls in das Feuer weht.

Mama rührt ihren Teller nicht an, stellt mir keine Fragen und bezahlt bar.

Wir schaffen es noch zur Zwei-Uhr-Vorstellung. Angesichts von Darth Vader bekommt meine Prinzessin-Leia-Mutter feuchte Augen. Ich nehme ihre Traurigkeit wahr. Mama riecht gut. Um sie aus ihrer Melancholie zu holen, drücke ich ihre Hand ganz fest. Mechanisch zieht sie mich an sich. Ich lehne mich an ihre Schulter und bemühe mich, sie vor den Laserschwertern zu beschützen.

Nach dem Kino kauft sie mir ein Pistazieneis. Stumm folge ich ihr wie ein Schatten. Sie weiß, dass ich für sie bis ans Ende der Welt gehen würde.

Jenseits aller Spezialeffekte meiner Kindheit ist diese Frau meine Heimat.

1986

Als ich aus der Schule komme, finde ich meine Mutter zusammengerollt auf der Couch vor. Sie weint herzzerreißend und zerknüllt ein altes Taschentuch meines Vaters. Angesichts dieses Stilllebens kommen mir die schlimmsten Befürchtungen. Jean-Paul muss etwas Schreckliches passiert sein. Schluchzend fragt sie mich, ob ich einen schönen Tag verbracht habe, und schlägt mir vor, in der Küche auf sie zu warten. Sie komme gleich zum Nachmittagsimbiss.

Ich erkläre ihr, dass ich angesichts ihres Zustandes keine Lust auf einen Schokoriegel habe. Sie setzt sich, zieht die Nase hoch und wischt sich mit dem Ärmel ihrer blauen Jacke die Augen. Dann richtet sie sich mit einer graziösen Kopfbewegung auf.

»Es ist nichts, Paul. Es ist wirklich nichts. Ich bin nur ein bisschen müde.«

Sie hat das Fenster weit geöffnet. Der Straßenlärm

übertönt ihren Schmerz. Langsam kommt sie wieder zu sich und lächelt mich zärtlich an.

Ich nehme sie in die Arme wie ein Mann. Für ganz kurze Zeit lässt sie sich gehen, dann zieht sie sich zurück.

»Papa kommt heute nicht zum Abendessen.«

»Und morgen?«

»Morgen auch nicht.«

»Wo ist er denn?«

»Papa ist auf Hochzeitsreise.«

»Auf was?«

»Auf Dienstreise.«

In meinem Zimmer stelle ich mir seine Hochzeit mit einer anderen Frau vor. Und ich stelle mir Fragen. Wie mag die neue Frau wohl aussehen? Dabei fällt mir nicht einmal ein, dass meine Eltern überhaupt nicht geschieden sind. Mir wird lediglich klar, dass alle guten Dinge irgendwann zu Ende sind, dass die Ewigkeit nicht existiert und dass sogar die Liebe sterblich ist.

Später im Bett gerät das Bild meines Vaters ins Wanken. Der Wikinger meiner Kindheit wird zum gefällten Baum. Mein Komplize von früher entfernt sich. Auf meinem Kopfkissen liegt Herbstlicht. Ich hole tief Luft und wölbe die Brust. Mein Schmerz ist zu groß. Gern würde ich meine Mutter beschützen, aber meine Arme sind noch zu schwach. Beim ersten Schlag ins Gesicht unseres Gegners würden sie wie Streichhölzer knicken.

1987

Ich werde fünfzehn. Am Tisch herrscht eisiges Schweigen. Jean-Paul bleibt während der gesamten Mahlzeit stumm. Meine Mutter beißt wieder einmal die Zähne zusammen, um nicht in Tränen auszubrechen. Ein Wechselbad der Gefühle. Monsieur verteilt Wärme und Kälte. Warm sind die Spuren unserer früheren Vertrautheit, die Erinnerungen an die Kindheit, die immer seltener alles andere auslöschen. In diesem Jahr hat der Himmel sich verdunkelt und der Wind gedreht.

Meine Teenagerzeit wird von Jean-Pauls Wutanfällen bestimmt. Mit der Zeit überlagern sie das frühere Idealbild und enthüllen mir die Konturen eines anderen Menschen. Schon wegen Geringfügigkeiten schwillt Papas Zorn zu einem geradezu symphonischen Crescendo an. In solchen Momenten fehlen mir die Worte. Ein Vater dürfte so nicht sein. Normalerweise berührt er mich nicht, aber vor zwei Wochen hat er mich geschlagen. Mit einem wütenden Schrei warf er mich zu Boden. Vor Schreck habe ich in meinen Schlafanzug gepinkelt, während ich vorsichtshalber mit den Armen Gesicht und Hals schützte. Mein Vater ist unvorhersehbar geworden. Ich lerne die Gewalt von Worten kennen und den Schmerz, den ein harmloser Satz zufügen kann. Über dieses Talent verfügt er nämlich auch: Er nutzt die Macht wütender, geradezu tödlicher Worte, die er an manchen Abenden massenweise von sich gibt.

Es heißt, man fühle sich immer zu seinem Henker hingezogen.

Beim Tennis, beim Fußball oder am Computer sehne ich mich nach seinem Zuspruch. Für eine Anerkennung oder ein Zeichen von ihm bin ich zu allem bereit, sogar dazu, gute Zeugnisse anzuschleppen wie ein Hund einen Ball. Trotz seiner Ausbrüche lauere ich auf den geringsten Funken Bestätigung. Um ihm zu imponieren, beschäftige ich mich stundenlang mit meinem Globus und kann die Hauptstädte aller Länder des Nordens und des Südens herunterleiern wie der Kandidat bei irgendeinem Fernsehquiz. Riad, Baku, Nassau, Sucre, Djibouti oder Sarajevo … Mein Geheimtipp? Tegucigalpa in Honduras ist noch schwerer zu behalten als Monrovia in Liberia, aber leider schwierig, in einer Unterhaltung unterzubringen. Ich gehe mit meinem Wissen hausieren wie ein Papagei. Den Infinite Monkey dürstet es nach Anerkennung und Hilfestellung.

Eines Abends muss Jean-Paul auf Reisen gehen. Ich tue so, als würde mir schlecht, und breche vor seinen Füßen zusammen. In seinem Gesicht erkenne ich eine leise Unruhe und tauche flüchtig in die Süße unserer Anfänge ein. Als der Arzt kommt, habe ich schon wieder Farbe im Gesicht. Mein Vater knallt bereits vor der Diagnose die Tür hinter sich zu. Kaum, dass er mir kurz über den Kopf gestreichelt hat. Es war eine mechanische, absichtslose Geste, der Vorbote einer langen Flucht.

Das Tier in mir ist hartnäckig, meine Sehnsucht grenzenlos.

Gebt mir sein Licht zurück.

Manchmal erleben wir immer noch schöne Momente. Wir liefern uns heiße Fußballspiele, bei denen wir uns in die Rolle der Spieler von AS Saint-Étienne versetzen. Beide stehen wir abwechselnd im Tor und versuchen, die Elfmeter des anderen zu halten. Papa ist ein verdammt guter Torschütze.

Mir ist egal, ob ich seinetwegen paranoid werde, und mir ist auch egal, dass seine Botschaft immer deutlicher wird: Versuche nie, größer, stärker und besser zu werden als ich, mein Sohn. Gehe nie das

Risiko ein, schneller zu laufen, hingebungsvoller zu leben und intensiver zu lieben. Das Leben ist meine Domäne. Das Leben gehört ausschließlich mir, Kleiner. Ganz zu schweigen von der Liebe.

1989

Mit zweihundert Stundenkilometern ins undankbare Alter. Wir büffeln für das Abi. Im Einkaufszentrum hängen wir im Plattenladen herum. Oscar klaut Vinyl-Singles, ich paffe helle Gauloises mit einem Walkman auf den Ohren: »I don't want a lover, I just need a friend.« Sharleen Spiteri, die Frontfrau der Band Texas, bringt meine Haut zum Kribbeln. Mein Beinahe-Bruder gibt sich anarchistisch, was seinem Vater ganz und gar nicht gefällt. Er droht, den Sohn in ein Internat zu stecken. Mit seinen siebzehn Jahren kleidet Oscar sich nach dem Vorbild von Robert Smith von Kopf bis Fuß ganz in Schwarz: »Boys don't cry.«

Wir betrinken uns zum ersten Mal mit Pelforth. Ich schwanke an unsichtbaren Mauern entlang nach Hause und stürze ins Bad, um mir den Mund zu spülen. Papa lässt sich nicht täuschen. Statt einer Erklärung stellt er mich komplett bekleidet unter die Dusche und knallt die Tür hinter sich zu. Unter dem Wasserstrahl klingt seine Stimme nur undeutlich an meine Ohren.

»Wer den Seegang nicht verträgt, sollte nicht aufs Meer hinausfahren.«

Wir spielen mit dem Gedanken, eine Rockband zu gründen, und träumen vom Ruhm. Der Sohn aus guter Familie hat fettiges Haar. Er empfiehlt mir Bücher verfemter Autoren und zitiert Baudelaire und Antonin Artaud.

Obwohl der intellektuelle Oscar mitten in der Pubertät steckt, gefällt er den Frauen. Seit Ostern schläft er mit Madame Dutour, unserer Französischlehrerin. Sie ist zwanzig Jahre älter als er. Nach dem Unterricht treffen sie sich in einem Hotel gegenüber dem Gymnasium. Sie lieben sich in einem schwarzen Zimmer, das Madame mit einem angeborenen Talent für Inszenierungen mit einer Kerze erhellt. Sie trinken Tee mit Honig, rauchen blaue Gauloises, und ihr Liebesspiel zaubert flackernde Schatten an die Wände. Oscar erspart mir keine Einzelheit. Die Lehrerin ist noch ganz knackig für ihre siebenunddreißig Jahre und langweilt sich im Bett mit ihrem Ehemann. Wenn Oscar sich auf sie legt, schreit sie. Sie nimmt ihn in den Mund und macht dabei surrende Insektengeräusche. Auf ihren überirdischen Brüsten hat sie Sommersprossen. Zur Feier des Sommeranfangs rollt sie ihm seinen ersten Joint. Er hat das Gefühl, dass die Wände des Zimmers sich um ihn drehen, und übergibt sich heimlich in der Toilette an der Rezeption. Nachmittags trinkt er Wodka-Apfel und schreibt Gedichte für seine Geliebte.

Ich bin schüchtern, habe das ganze Gesicht voller Pickel und sehe aus wie eine Pizza mit vier Käsesorten. Um unsere Freundschaft zu feiern, bittet Oscar mich, ein Gedicht von Robert Desnos auswendig zu lernen, es abends zu rezitieren und dabei an ihn zu denken.

Niemals ein anderer als du, trotz der Sterne und der Einsamkeit,
trotz der Verstümmelung des Baumes bei Einbruch der Nacht.
Niemals ein anderer als du folgt seinem Weg, der auch der meine ist.
Je weiter du dich entfernst, desto größer wird dein Schatten.
Niemals ein anderer als du begrüßt das Meer in der Morgendämmerung,
wenn ich, müde des Umherirrens, aus den dunklen Wäldern trete und durch Brennnesselbüsche in die Brandung schreite.

Niemals ein anderer als du legt seine Hand auf meine Stirne
und auf meine Augen.

Oscar findet, dass ich nicht richtig betone, schimpft mit mir und deklamiert das Gedicht selbst. Er raucht immer mehr, und zwar Gras und Shit. Er sagt, er brauche Geld. Seine Eltern geben ihm zweihundert Francs im Monat. Das genügt ihm aber nicht. Er verlangt, dass ich ihm meine Ersparnisse überlasse. Ich besitze, wenn es hochkommt, dreihundert Francs. Damit haben wir zusammen fünfhundert Francs. Zu Hause herrscht dicke Luft, und wir haben alles Recht der Welt. Oscar schlägt einen Ausflug vor. Eines Abends hat er eine Frankreichkarte dabei. Er will für ein paar Tage irgendwohin abhauen, um Luft zu schnappen, möglichst weit weg von den Alten. Ich packe meinen Koffer, vergesse aber die Hälfte. So wirklich kann ich noch nicht an unsere Flucht glauben und liege damit durchaus richtig. Unser Ausbruch muss auf später verschoben werden.

Als ich vor seiner Haustür ankomme, ist die Polizei da. Der Ehemann der Französischlehrerin hat alles herausbekommen und ist wie eine Furie zum Hotel gehetzt. Oscar konnte sich gerade noch ducken. Der gehörnte Ehemann verletzte sich die Faust an der Tür.

In der Schule spricht man über nichts anderes. Der

Schulleiter hat Anzeige erstattet und so die Maschinerie ins Rollen gebracht. Presse und Fernsehen treten die Sache breit. Oscars Vater ist im Radio interviewt worden und hat sich für die Wiedereinführung der Todesstrafe ausgesprochen. Die Hütte hat ordentlich gebrannt. Trotzdem gab es keine blutbesudelte Mauer, sondern nur eine einfache Fahrkarte nach nirgendwo: Laure Dutour wurde entlassen und musste wegen Unzucht mit Abhängigen ins Gefängnis. Zwar beharrte Oscar darauf, dass sie mit seinem Einverständnis gehandelt hatte, aber man riet ihm lediglich, seine große Klappe zu halten. Dann ging es für ihn ab in die Schweiz. Sein Vater hielt sein Versprechen und schickte ihn in ein Internat, wo er weiter Desnos aufsagen durfte. Ich wurde lange Zeit nicht mehr ins Schloss eingeladen. Weil ich mich entsetzlich einsam fühlte, rezitierte ich jeden Abend vor dem Einschlafen unser Gedicht und wartete darauf, mich endlich lebendig zu fühlen.

Mein Vater hat den Wunsch geäußert, mir gewisse Dinge zu erklären. Obwohl ich ihn zu überzeugen versucht habe, dass er sich diese Mühe nicht zu machen braucht, legt er großen Wert darauf. Seiner Meinung nach bin ich jetzt in einem Alter, in dem ich es verstehen werde:

»Frauen sind manchmal wie ein tödliches Gift.«

2015

Endlich hält das Taxi an. Ich steige aus dem Mercedes. Auf dem Bürgersteig zünde ich mir eine Zigarette an und blicke zu meiner Wohnung hinauf. Meine Haushaltshilfe hat einen Zettel an den Kühlschrank geklebt. Seit drei Wochen vergesse ich nun schon, Geschirr-Reiniger für die Spülmaschine zu kaufen, und sie hat keine Lust mehr, mit der Hand zu spülen.

Ich habe aufgehört, allein im Restaurant zu Abend zu essen. Irgendwann wurde ich es leid, immer am gleichen Tisch zu sitzen, ganz hinten links, vom Eingang aus gesehen. Zum Schluss aß ich auch immer das Gleiche und brauchte gar nicht erst zu bestellen. Der Besitzer behandelte mich wie die Alten aus dem Viertel. Oscar hat mich überredet, wieder mit dem Kochen anzufangen. Meine erste Mahlzeit bereitete ich für ihn zu. Das Bœuf Bourguignon missglückte, deshalb hielten wir uns an den Wein und redeten die halbe Nacht. Oscar war stolz, denn ich hatte endlich wieder angefangen zu arbeiten.

Die Agentur zeigte sich ausgesprochen verständnisvoll. Meine Teilzeitarbeit wurde wie ein Vollzeitjob bezahlt. Für den Anfang brauchte ich nur zwei, drei Besichtigungen durchzuführen. Vor allem Apartments. Nach und nach gewöhnte ich mich wieder ein und verkaufte schon bald eine Vier-Zimmer-Wohnung. Sonnenschein strömte ins Wohnzimmer, draußen dufteten blühende Bäume, und ein nettes kleines Paar unterzeichnete den Vorvertrag. Die junge Frau war hochschwanger. Die beiden wirkten glücklich. Meine Kollegen organisierten einen Umtrunk, um den gelungenen Abschluss und meine Rückkehr ins Leben zu feiern.

Ich treibe mich im Kinderzimmer herum, das ich genau so gelassen habe, wie es war. Rechts steht Isabelles Bettchen mit einem Schneewittchen-Kopfkissen und einem Korb voller Kuscheltiere. Eine Wasserflasche steht auf ihrem kleinen rosa-weißen Nachttisch. Gleich darüber hängt, von der Nachttischlampe beleuchtet, ein Poster von ihrem Idol Shakira. Ich könnte mir vorstellen, dass Isabelle noch immer Angst im Dunkeln hat. Daher habe ich ein Nachtlicht auf ihren Schreibtisch gelegt, gleich gegenüber, neben dem Heizkörper. Martin würde mich bald bearbeiten, weil er ein eigenes Zimmer, einen Fernseher, einen Computer und eine Spielkonsole haben will. Aber das entscheiden wir später. Ich habe nicht genügend Zeit gehabt, ihm einen Sinn für Ordnung beizubringen.

Sein Bett habe ich in eine Ecke geschoben. Es sieht aus wie ein Katzenkörbchen. Sein Radiowecker schaltet sich noch immer jeden Morgen ein. Wie ein Ritual wähle ich jeden Abend die Nummer ihrer Mutter, erreiche aber grundsätzlich nur die Mailbox. Die Ansage hat mein Sohn aufgesprochen. Seine Kinderstimme verrät sein Alter nicht. Er sagt »Hallo« wie ein Engel. Man fühlt sich versucht, alles zu verzeihen und auf einen Wunderknopf zu drücken, mit dem man die Zeit zurückdrehen kann.

Ich habe beschlossen, einen Weihnachtsbaum zu kaufen und ihn zu schmücken. Der noch nackte Baum steht mitten im Wohnzimmer. Ich erinnere mich, dass Kugeln und Girlanden ganz oben im hintersten Schrank im Vorratsraum neben der Küche liegen. Jean-Paul war der König der Christbäume. Er suchte jedes Mal den allergrößten aus, stellte sich auf einen Schemel und verbrachte einen ganzen Tag damit, den Baum zu schmücken. Auf Zehenspitzen reichte ich ihm die Dekoration an und wartete dann geduldig ausgestreckt unter den grünen Nadeln, bis das Werk des Meisters im Kerzenlicht erstrahlte.

Nach seinem Tod habe ich die Krippe zusammen mit allen Familienfotos in den Keller verbannt.

Trotzdem sehe ich sein Gesicht immer wieder vor mir. Bei Nacht, beim Aufstehen, mitten am Tag, in der Agentur, auf der Straße, in meinem Zimmer – überall treibt sich sein Geist herum.

Irgendetwas besteht noch zwischen uns und ist intakt geblieben, eine unzerstörbare Verbindung, die ich am liebsten endgültig vernichten würde. Aber es funktioniert nicht. Immer wieder kehrt mein Vater in mein zerrissenes Herz zurück. Der Kannibale ist unersättlich. Ich brauche Luft. Trotz der Kälte peinigen Hitzewellen meinen Brustkorb. Ich zücke mein Telefon und wähle seine Nummer. Ich will ganz sicher sein, dass sein Anschluss stillgelegt ist. Nur so kann ich es kontrollieren. Ich muss wissen, dass er wirklich tot ist und dass nichts und niemand ihn wieder zurückbringen kann.

November 2013

Das grelle Licht in Zimmer 330 ist ausgeschaltet. Ava hat ihr Zimmer gleich nebenan verlassen. Im Nachthemd kniet sie neben Martins Bett. Unser Sohn schläft. In seinem Arm steckt eine Infusionsnadel. Er wirkt sehr ruhig. Sein Gesicht hat er Isabelles Bett zugewendet. Seine Schwester ist endlich auch eingeschlafen. Die Kinder haben großes Glück gehabt und werden nur für zwei Tage zur Beobachtung dabehalten.

Mein Sohn wurde wie ein Projektil aus dem Wagen geschleudert und kam erst am Fuß eines kahlen Baumes zum Halten. Seine ausgerenkten Gliedmaßen landeten sanft wie eine Blüte mitten in einem Gebüsch. Er hat einen wüsten blauen Fleck auf den Oberschenkeln und einen anderen am Brustkorb, aber das ist auch schon alles.

Die Feuerwehrleute fanden Isabelle zusammengekauert zu Füßen ihrer Mutter. Die Angst stand ihr in das siebenjährige Kindergesicht geschrieben. Mit beiden Händen hielt sie sich an Avas Füßen fest, ihre geöffneten Lippen waren blutig. Sie hat am rechten Auge ein beeindruckendes Veilchen und mitten auf der Stirn eine dicke Beule, die schlimmer aussieht, als sie ist. Ava saß auf dem gefährlichen Platz, dem Beifahrersitz, und hätte eigentlich tot sein müssen. Alle dachten auch, dass sie es wäre, als sie mit nach vorn hängendem Kopf gefunden wurde. Sie verlor das Bewusstsein, nachdem ihr Gesicht zum ersten Mal auf dem Armaturenbrett aufgeschlagen war, und spürte nicht mehr, wie der BMW abhob, ins Trudeln geriet und sich dreimal überschlug, ehe er scheppernd und ächzend wieder auf den Rädern zum Stehen kam. Sie roch weder den dicken Qualm, der aus dem Motorraum drang, noch den Gestank nach verbranntem Gummi. Sie hörte weder den Lärm der Sirenen, als die Rettungsfahrzeuge kamen, noch das Kreischen der Geräte, mit denen man sie aus dem Wrack schweißte. Auch die sanften Stimmen der Feuerwehrleute hörte sie nicht, die schließlich ihren Körper aus dem Blechhaufen befreiten. Langsam lösten sie ihre unter dem Gewicht des Fahrers eingeklemmten Beine. Sie hat nicht gesehen, wie mein Vater starb. Sie weiß nicht, wie schwer ein Toter wiegt. Sie hat nicht einmal einen Bluterguss davongetragen.

Die Ärzte haben ihr noch nichts gesagt. Ich bin der Einzige, der es bisher weiß.

Wie erstarrt bleibe ich an der Tür stehen. Sie spürt meine Anwesenheit, verzichtet aber darauf, sich umzudrehen. Es ist nicht nötig. Sie hat alles erraten.

»Jean-Paul ist tot, nicht wahr?«

»Ja, er hat den Transport ins Krankenhaus nicht überlebt. Beide Lungenflügel waren perforiert, wenn du es genau wissen willst.«

»Geh jetzt, Paul. Lass uns in Ruhe.«

2015

9 Uhr 05. Sie telefoniert und unterbricht ihr Gespräch nicht. Mit einem kurzen Lächeln bedeutet sie mir, näher zu kommen. Sie trägt Jeans, einen Pulli und Turnschuhe. Sonst war sie immer anders gekleidet. Normalerweise empfängt Samantha ihre Patienten im bürotauglichen Outfit, in schmal geschnittenen Kostümen mit kurzem Rock und vor allem in High Heels. Die Veränderung hat möglicherweise mit dem Verlauf meiner Therapie zu tun.

Während der ersten sechs Monate muss sichergestellt werden, dass der Patient um jeden Preis wiederkommt. Man biegt ihn sich zurecht, wiegt ihn in Sicherheit und pflegt den Mythos. Man schafft die Verbindung zu ihm, organisiert den Gedankenaustausch und macht ihn süchtig. Man eröffnet ihm erreichbare, manchmal fatale Auswege. Oberste Pflicht: ihn möglichst bequem auf dem Samtsofa unterbringen. Dabei darf man nicht vergessen, die Vorhänge ein wenig zuzuziehen, genügend Papiertaschentücher bereitzustellen und Duftkerzen anzuzünden. Will man das Tier in ihm auf bestmögliche Weise bändigen, darf nichts dem Zufall überlassen werden. Das Geschäft mit der Trauer hat keinen Preis.

Zunächst ist der Patient misstrauisch, denn es ist das erste Mal, dass er die Schwelle einer solchen Praxis überschreitet. Es entspricht nicht seiner Natur, sich zu einer völlig Unbekannten auf die Couch zu legen und ihr seine Probleme für achtzig Euro die Stunde vor die Füße zu spucken. Aber das ist nicht schlimm. Nach und nach wird er sich daran gewöhnen. Er wird verstehen, dass es in seinem eigenen Interesse liegt, nicht mehr lügen und regelmäßig bezahlen. Aber ist er gekommen, um die Wahrheit zu sagen? Was hat er in seiner Situation zuzugeben?

Nachdem ich mit den Medikamenten aufgehört habe, sehe ich langsam wieder klarer. Samantha hat Ähnlichkeit mit Sharon Stone ohne Botox zu Zeiten von *Basic Instinct*. Wenn sie die übereinandergeschlagenen Beine wechselt, wende ich rechtschaffen den Blick ab. Ich habe Angst vor ihren bohrenden Fragen. Woran mag sie denken, wenn ich ihr von meiner Mutter und dem tot-lebendigen Jean-Paul erzähle? Welchen Beruf übt ihr Ehemann aus? Wie ist ihr Herz beschaffen? Was tut ihr weh? Kann ich mit ihren anderen Patienten konkurrieren? Wird bei uns allen nach demselben Tarif abgerechnet?

Seit ich sie kenne, passiert es dann und wann, dass ich von ihr träume. Manchmal nur von ihr, manchmal auch von uns beiden. Wenn wir nachts zusammen sind, tauschen wir die Rollen. Sie bezahlt, um mir von ihrem Leben zu erzählen. Unsere Gespräche enttäuschen mich nie. Ich weiß, dass Samantha kein Vorname für eine Psychoanalytikerin ist. Und ich weiß auch, dass man nur selten eine Seelenklempnerin in durchsichtigem Top, Lederrock und Prada-Schuhen antrifft. Aber ich schwöre bei allem, was mir heilig ist, dass Samantha viele Jahre studiert hat, ehe sie ihr Diplom im Wartezimmer ihrer Praxis anbringen konnte.

Es steht schwarz auf weiß an der Wand.

Fachärztin für Psychiatrie und klinische Psychologie mit Schwerpunkt Psychologische Psychotherapie und Psychopathologische Psychoanalyse, Universität Paris 7

Plötzlich fällt mir eine Erklärung für die Stiländerung ein. Nach achtzehn Monaten Analyse hat man das Stadium der Leidenschaft längst hinter sich gelassen. Auch eine Seelenklempnerin ist nur ein Mensch und anfällig für Gewöhnung.

An diesem Morgen möchte Madame weder von Ava noch von Jean-Paul hören. Sie fragt mich:

»Wie geht es Ihnen?«

Nachdem wir die Höflichkeitsfloskeln hinter uns gebracht haben, wage ich mich vor:

»Was ist das heute für ein neuer Look?«

Sie zuckt nur mit den Schultern und stellt erneut ihre Eingangsfrage:

»Wie geht es Ihnen?«

»Was glauben Sie?«

Ich berichte von meinem Beinahe-Bruder. Seine Heiratspläne kümmern sie nicht. Sie will etwas über meine Zwangsvorstellungen erfahren, will wissen, ob ich eifersüchtig bin und ob Oscar mich irgendwie anmacht. Man könnte fast meinen, dass Samantha eine nihilistische Phase durchmacht. Sie interessiert sich ausschließlich für meine Fantasien, sonst nichts. Ich lenke meine Analyse in eine grausamere Richtung, nämlich auf den Liebeskummer.

»Haben Sie Kummer?«

Sie bemüht sich, unsere Sitzung auf den rechten Weg zurückzubringen. Ich erzähle ihr von der Hochzeit meines besten Freundes, von seinem Zukünftigen, den ich noch nicht kenne, von der Leihmutter, vom Glück der Ehe.

Ich skizziere mein Thema, lasse Jean-Paul links liegen, fliehe vor dieser Erinnerung und breche aus.

Stattdessen stelle ich ihr jede Menge Fragen. Warum heiraten Schwule inzwischen auf die gleiche Weise wie Heteros? Werden Heteros eines Tages genauso leben wie Homosexuelle? Was wäre, wenn wir unsere Lebensform einfach austauschten? Müssten die Schwulen nicht gewarnt sein? Hat ihnen niemand gesagt, wie das in einer Ehe läuft? Ehebruch, Scheidung, Unterhalt? Und was ist mit der Schuld, die man auf sich lädt, wenn man den Partner verlässt? Mit den Kindern, die man nur jedes zweite Wochenende sieht? Mit diesem ganzen Zirkus, den Grabenkämpfen und den Jahren, die sich voll Trauer dahinschleppen?

1990

Es klingelt. Oscar ist wieder da. Etwas in seinen Augen hat sich verändert. Aus dem kleinen Jungen mit den kurzen Hosen ist ein angespannter junger Mann geworden. Er spricht mit einem leichten Schweizer Akzent, gibt sich unnahbar und legt Wert auf eine geheimnisvolle Aura. Zwischen den Zeilen erfahre ich, dass seine Mutter nicht mehr zurückkommt.

Marie-Thérèse hat so viele süßliche Romane gelesen, dass sie eines Tages abgehauen ist.

Der Royalist hat eine volle Breitseite abbekommen. Das ganze Dorf spricht davon. Eines Abends gegen sechs erklärte Marie-Thérèse, sie müsse noch schnell in die Bäckerei. Von einer Telefonzelle aus rief sie ihren Göttergatten an und sagte ihm, dass sie ihn verlasse. Anschließend flog sie mit der Nachbarin auf und davon.

Oscars Vater wollte sie verklagen. Bei der Polizei

sagte man ihm, es wäre sinnvoller, sich in sein Schicksal zu fügen, denn seine Frau sei volljährig und geimpft, und es stehe ihr frei, weder ihn noch ihren Sohn je wiederzusehen. Wir stellten uns die Szene kurz vor und versuchten nachzuempfinden, wie Oscars Mutter ihre Flucht mit einer anderen Frau genossen haben musste. Der Vater sprach von Laune und Katzenjammer und engagierte zunächst einen Exorzisten und danach einen Detektiv. Monate später fand sich ihre Spur in der Nähe von San Francisco. Marie-Thérèse betrieb eine Bar für Kräutersäfte in einem New-Age-Hotel in der Castro Street, mitten im Schwulenviertel. Ehe Madame de Lacours und ihre Lebensgefährtin nach Frankreich zurückkehrten und sich im Süden niederließen, beschlossen sie ihren Ausflug nach Amerika in den Armen eines polygamen Gurus, der freie Liebe und persönliche Verwirklichung predigte. Das war mal etwas anderes als immer nur der heilige Augustinus und gregorianische Gesänge.

Ihr Gatte erholte sich nie von diesem Schlag. Nach fünfundzwanzig Jahren des Zusammenlebens entpuppte sich die eigene Frau als völlig Fremde. Um sich zu rechtfertigen, spricht er diesen Satz aus, den er auch immer in die Runde wirft, sobald das Thema angeschnitten wird: »Man kennt einen Menschen nie wirklich. Gott allein weiß um unsere wahre Natur.«

Er hat Trost in der Religion gesucht, seiner Frau den Bruch aber nie vergeben. Nachdem sein Sohn flügge geworden war, ging er in ein Kloster. Seitdem organisiert Monsieur de Lacours Pilgerreisen, widmet seine gesamte Zeit Gott und seinen Nächsten und sieht sein Kind so gut wie nie.

Nachdem er ihre Adresse hatte, schrieb Oscar seiner Mutter Dutzende von Briefen. Marie-Thérèse schickte sie alle ungeöffnet zurück. Jahre später vertraute mein Beinahe-Bruder mir an, dass er an ihrer Stelle vermutlich ebenfalls das Weite gesucht hätte.

Zu Hause sprachen meine Eltern in meiner Anwesenheit niemals über diese Geschichte.

2015

Es ist in der dritten Etage. Wenn man den Aufzug verlässt, links. Der kleine Geheimniskrämer hat nichts verändert, als er mit dem Kerl zusammengezogen ist. Alles ist noch genau so, wie es war. Der Leuchter aus den 1920er-Jahren im Eingang, das Lackpult, der schwarz-weiße Stierkopf, der blutrote Teppich. Im Wohnzimmer hängen immer noch dieselben Vorhänge, es gibt noch immer eine offene Küche. Die Arbeitsfläche ist blitzsauber, und die Edelstahlflächen glänzen. Das Parkett aus gebürsteter Eiche schimmert matt. Ein weiß gestrichener Flur fängt das Licht von drei kleinen Fenstern ein, die auf einen blühenden Hof hinausgehen.

Links liegt Oscars Zimmer. Nichts weist darauf hin, dass sich diese Traumfabrik eines eingefleischten Junggesellen in eine Familienwohnung verwandeln wird. Ein Anzeichen dafür, dass die Zeiten sich bald ändern werden, ist der Farbgeruch im Gästezimmer. Ein blasses Blau verunstaltet die Wände. In der Mitte steht ein Kinderbett, ein Schmetterlingsmobile dreht sich unter der Decke. Im Regal warten vor einem Gemälde von Fitzgerald Schlafsack und Strampler auf die Ankunft des Messias.

Dieses Zimmer war einmal meines. Und dann unseres, als Ava sich entschloss, bei mir zu bleiben. Hier hat sie ihre Wunden geleckt, und hier hat sie sich von mir zähmen lassen.

Bis jetzt hatten Oscars Liebhaber kaum Zeit genug, ihre Koffer abzustellen. Meinen Fragen dazu wich er immer aus. Jedes Mal drückte er sich um die Antwort. Feste Bindungen sind nicht sein Ding. Seine wahre Geschichte, so behauptet er, sei ich, aber ich bin nun einmal keine Märchenfigur.

Mit Frauen hat er sich schon sehr früh beschäftigt, sich dann aber bald abgewendet. Am Tag meiner Hochzeit lachte er mich aus:

»Das Leben zu zweit ist eine Sackgasse. Du spinnst, Paulo. Du spinnst! Aber ich liebe dich trotzdem …«

In der Schweiz entdeckte er seine Liebe zu Männern. Ein kantig schöner Typ erleichterte ihm die ersten Schritte. Oscar kämpfte nicht lange dagegen an. Es gab keinen Weg mehr zurück. Tausendundeine Nacht.

Während meiner Jahre mit Ava konnte er seine Theorien überprüfen. Er beobachtete, wie ich zum Schoßtier mutierte und eine Liebe ohne Distanz lebte. Oft hat er mich davor gewarnt.

»Es ist ein reines Glücksspiel. Ich bin ihm entronnen.«

David ist locker zwei Köpfe größer als Oscar. Ich weiche seiner Umarmung aus, er rächt sich, indem er mir mit seiner Pranke fast die Hand zerquetscht. Oscar serviert uns Champagner. Sie haben sich auf ziemlich banale Weise kennengelernt. Ein Abendessen bei Freunden von Freunden. Liebe auf den ersten Blick. Wie ein Blitz aus heiterem Himmel. Der geradezu selbstverständliche Drang, sich zu binden. Fast zeitgleich überkam beide der Wunsch, ihr Leben zu verändern und eine Familie zu gründen. Und nun gehen sie an die Sache heran wie jedes andere Paar auch.

Die sexuelle Orientierung hat keinen Einfluss auf das Streben nach Glück. Mann und Frau, Mann und Mann, Frau und Frau – im Grunde ändert sich nichts, weil alle dasselbe wollen. Ein wenig Licht und eine Schulter zum Anlehnen, um nicht irgendwann vor Einsamkeit zu krepieren. Und doch ist man einsam und im Dunkeln, wenn alles endet.

David lächelt ununterbrochen, um sein Territorium

zu markieren. Ich bitte ihn, sich keine Sorgen zu machen. Ich habe bestimmt nicht auf ihn gewartet, um mich ausgerechnet jetzt mit Oscar einzulassen. Mein persönliches Drama sind außerdem die Damen, und Oscar ist nicht unbedingt mein Typ.

In der Wohnung ist Davids Anwesenheit noch kaum erkennbar. Ein paar Fotos in einem Rahmen, sonst nichts. Eines zeigt ihn in den Bergen, ein anderes am Strand. Banal. Vielleicht sogar Fakes. Die wenigen Spuren beweisen, wie frisch die Liebe noch ist. Sie haben noch alles vor sich. Einen Neubeginn, auf den ich insgeheim ein wenig neidisch bin.

Ihre Geschichte ist mit Sicherheit weniger außergewöhnlich und weniger märchenhaft, als sie zugeben wollen. Alle Romanzen gleichen sich. Man feilt ein wenig daran herum und fügt ein paar Beschönigungen hinzu, um die eigene einzigartig zu machen.

Es ist amüsant, den beiden dabei zuzuschauen, wie sie sich möglichst normal geben wollen, und welche Mühe es sie kostet, Papi und Papi zu spielen. Sie ergehen sich in genau den gleichen Klischees wie irgendwelche Heteros. Treueschwüre, rosarote Kitschträume und Windelgespräche. Bleibt zu raten, wer von beiden nachts eher bereit ist aufzustehen, wer die Gutenachtgeschichte erzählt und wer die Kinderarzttermine wahrnimmt.

Ich übertreibe es ein wenig mit meiner Argumentation, denn ich habe etwas zu viel getrunken. Ich fahre das gesamte Arsenal der Verpflichtungen eines verantwortungsvollen Ehemannes auf.

»Erst kommt die Treue, dann die Kinder, dann die Familienkutsche. Aber vielleicht schafft ihr es ja, Freunde. Und vergesst die Wochenenden, meine Süßen. Solange euer Sprössling noch nicht in der Schule ist, dürft ihr jeden Morgen um acht auf der Matte stehen. Und ganz gleich, was geschieht, heißt es elf Jahre lang jeden Sonntag von zehn bis zwölf: ab in den Park. Aber keine Sorge, schon nach einem halben Jahr kennt euch jede Taube beim Vornamen.«

David ist redselig. Er spricht viel, ohne dabei viel zu sagen. Oscars Augen sind gerötet. Die beiden Verlobten taxieren mich. Ich weiß, dass sie mich insgeheim bedauern. Wenn sie mit mir reden, stellen sie sich unwillkürlich das Szenario vor. Davor, währenddessen, danach. Oscar hat den Ablauf Hunderte Male beschrieben. Der Autounfall und der tragische Tod haben für Gesprächsstoff beim Frühstück und an ihren gemeinsamen Abenden gesorgt.

Wir setzen uns zu Tisch und wechseln das Thema. Oscar spricht die Militärzeit an, und um David zum Lachen zu bringen, malen wir unsere Erlebnisse ein wenig aus.

Während der Musterung erklärte Oscar dem untersuchenden Stabsarzt, wie sehr er sich wünsche, seinem Vaterland dienen zu dürfen. Daraufhin wurde er sofort ausgemustert.

Lange Zeit rätselte ich über diese Anekdote. Erst heute erfahre ich die Pointe der Geschichte: Mein Beinahe-Bruder verdrehte verzückt die Augen, ging mit dem Arzt auf Tuchfühlung und ließ dann auch noch die Hosen runter.

Zwanzig Minuten später wurde ich ebenfalls ausgemustert. Mit sachlicher Miene stellte der Arzt Herzgeräusche fest. Im Befehlston trug er mir auf, diese Information auf jeden Fall sehr ernst zu nehmen. Mein kleines, zu schwaches Herz hüpfte vor Freude. Ich versprach ihm, es nicht im Stich zu lassen.

Als man uns wieder laufen ließ, waren wir nicht viele, die die Wahrheit gesagt hatten. Im Bus schiebe ich Oscars Hand weg, die er mir aufs Knie gelegt hat. Es ist das erste und das letzte Mal, dass er mich so berührt.

Mein Vater glaubte zu Hause kein Wort von dem, was ich ihm erzählte.

1995

Die Atmosphäre ist gedrückt. In der Wohnung herrscht beklommenes Schweigen. Es ist die Ruhe vor dem Sturm. Jean-Pauls Platz ist leer. Gedämpftes Licht. Mama sinkt noch weiter in sich zusammen. Mit ihren Illusionen hat sie auch die Sprache verloren. Immer wieder betupft sie ihre Augen.

Ich nehme ihre Hand und streichele zärtlich ihren Arm. Der Schlüssel dreht sich im Schloss. Sein Atem ist zu hören, sein Duft erfüllt den Raum. Jean-Paul schleicht sich in die Wohnung. Mama wird nervös. Ihr Puls beschleunigt sich. Wortlos betritt er die Küche. Hier beginnt das Schauspiel. Hier mustert sie ihn mit ihrem verlorenen Blick. Hier flößt er ihr das Gift des Zweifels ein. Wo war er? Mit wem? Mein Vater erträgt keine Fragen. Er sagt, er habe nicht vor, sich zu rechtfertigen. Als er sich setzt, beginnen seine Beine immer stärker zu zittern. Die Bewegung setzt sich auf dem Tisch fort, der sich hebt wie ein Boot. Jean-Paul reißt den Tisch um. Teller scheppern, Gläser zerbrechen. Der Abend dämmert. Papa verlässt unsere kleine Gesellschaft, ehe er in ihr heimisch wurde. Worte können den Schmerz dieser Wunde nicht lindern. Im Zimmer herrscht erschrockenes Schweigen. Der Aufschrei bleibt mir in der Kehle stecken. Ich werfe mich über meine Mutter, um sie vor dem Explosionsdruck der Bombe zu schützen. Sie hält sich die Ohren zu, aber ihre Lippen werden immer schneller. Mit dem Zischen eines Dampfkochtopfs stößt sie alle aufgestauten Vorwürfe aus.

Jean-Paul ist ins Wohnzimmer geflüchtet. Er schaltet den Fernseher ein und nimmt sich einen Whisky. Eiswürfel klirren. Ich höre seinen Atem. Rieche den Duft seiner Zigarette. Das Glas scheint nicht sein erstes zu sein. Meine Mutter schreit, er solle zu seiner Hure gehen. Sie wirft ihm vor, sich mit Nutten abzugeben. Und dann fällt die Tür ins Schloss. Ein weiteres Kapitel endet. Das Telefon klingelt.

Mitten in der Nacht höre ich ihn zurückkommen. Er steht im finsteren Wohnzimmer. Mama geht in der Dunkelheit auf ihn zu. Er nimmt sie in die Arme. Meine Eltern halten sich eng umschlungen. Vom Flur aus verfolge ich die Szene. Ich erkenne die Macht ihres Wiedersehens. Sie zeigt sich als Schattenspiel auf den Wänden. Ein betörender Dunst entsteigt ihren

Körpern, die wie wilde Mustangs sind. Die beiden gehen eng umschlungen ins Schlafzimmer. Auf Zehenspitzen steige ich in die Garage hinunter. Ich besitze einen Ersatzschlüssel für den MG. Leise steige ich ein und lasse die Ereignisse noch einmal Revue passieren. Nachdem ich lange die Wand angestarrt habe, verzichte ich auf den geplanten Ausflug. Es gibt noch eine andere Option. Ich zerkratze den Lack. Kreischend graviere ich meine Wut in die Tür. Dann gehe ich wieder hinauf.

Beim Frühstück lassen meine Eltern keine Stigmata des Vorabends erkennen. Im Schlaf ist ihre Besessenheit vernarbt. Mit rosigen Wangen begrüßen sie mich mit mechanischem Lächeln. Er duftet nach Aftershave, sie nach guten Gefühlen. Ich küsse ihn flüchtig auf die Wange, er besteht auf einer Umarmung. Judas.

Lachend schenkt Mama mir eine Tasse heißen Kaffee ein. Jean-Paul verkündet es mir höchstpersönlich.

»Es ist Zeit, dass du flügge und zum Mann wirst, mein Sohn.«

2015

Der R4 biegt in den von Pappeln gesäumten Weg ein. Das Spalier führt geradewegs zum Parkplatz vor dem Haus. Ein in einem Vorort verstecktes Sanatorium, ein rechteckiges Gebäude. Hier findet sich eine große Bandbreite an gestörten Karmas. Junge Leute und alte, Menschen mit Burnout-Syndrom, Depressive, Drogensüchtige und verhinderte Selbstmörder. Schnürsenkel sind in den Zimmern strengstens verboten.

Je nachdem, ob die Traumata schwer oder von vorübergehender Art sind, hält man sich hier für eine Woche oder für mehrere Monate auf. Natürlich kostet die große Ruhe eine Stange Geld.

Hier ist überall Trost. Die Kranken werden von morgens bis abends verhätschelt. Patienten schlurfen verstört in Pantoffeln herum und betrachten die Begonien.

Sogar die Gärtner passen ins Konzept. Sie lächeln den ganzen Tag vor ihren Blumenbeeten.

Sie sitzt mit einer karierten Decke über den Knien auf einer Bank im Grünen und erwartet mich ruhig.

Ihren Augen sieht man an, dass sie ihre Medikamente genommen hat. Eine Krankenschwester hat ihr ein Buch auf die Knie gelegt, aber es sieht nicht danach aus, als nähme sie es oft zur Hand. Ich habe ihr ihre Lieblingszeitschriften mitgebracht. Kreuzworträtsel kann Mama in ihrem Zustand nicht lösen. Um die Sudokus werde ich mich kümmern, falls sie mich bittet, länger zu bleiben.

Seit zwei Jahren lebt meine Mutter jetzt hier. Längst haben wir unsere Rituale. Als sie mich sieht, streckt sie die Arme nach mir aus. Ich liebe ihr kindliches Lächeln, bei dem ihre erloschenen Augen kurz aufleuchten. Ich bin glücklich und genieße dieses Gefühl, indem ich sie streichele. Ich weiß, dass es nicht lange dauern wird. Spätestens in einer Viertelstunde würde ich am liebsten sterben oder sie umbringen, weil sie ständig um Neuigkeiten über meinen Vater bettelt.

Ich atme tief durch und umarme sie fest. Ihre Haut ist straff über die Knochen gespannt. Wie bei einer Trommel. Sie ist noch magerer geworden.

»Weißt du schon, dass Oscar heiratet?«

»Wer ist Oscar?«

»Das weißt du ganz genau, Mama. Oscar ist mein bester Freund.«

»Ach ja, Oscar. Der hat eine Frau gefunden?«

»Nein Mama. Einen Mann.«

»Wozu?«

»Er liebt einen Mann.«

»Das ist gut. Die Frauen heutzutage wissen nämlich nicht mehr, wie man liebt. Weißt du, um wie viel Uhr dein Vater mich abholen kommt?«

»Du weißt doch, dass Papa nicht mehr da ist.«

Sie lebt in dem Wahn, dass er irgendwann zurückkommt.

Wir hatten sie bewusst angelogen. Aber selbst die Halbwahrheiten reichten nicht aus, um sie auf dem Boden festzuhalten. Auch sie hat uns an jenem Abend verlassen. Auf ihre Weise. Als das Telefon klingelte und ein Polizist mich mitten in der Nacht mit den Tatsachen konfrontierte, dachte ich zuallererst an sie und daran, wie ich sie schützen könnte. Ich verspürte das Bedürfnis, ihr als Rückhalt zu dienen. Wahrscheinlich weil ich das Ausmaß der Katastrophe selbst nicht wahrhaben wollte. Im Café an der Ecke wartete ich auf den Morgen. Oscar leistete mir Gesellschaft. Er blieb meinem Entsetzen gegenüber auf Distanz und bestellte zwei Kaffee. Wir tranken langsam, ohne zu sprechen.

Als es hell wurde, überquerte ich die Straße, tippte

den Zahlencode ein und begrüßte die Hausmeisterin, ohne mir meine Verstörtheit anmerken zu lassen.

Aber schon auf dem Treppenabsatz spürte ich meinen Herzschlag kaum noch. Wie in Zeitlupe trat ich auf Mama zu. In ihrem Nachthemd und mit wirrem Haar sah sie aus wie eine Spinne. Ich führte sie in ihr Schlafzimmer. Wir setzten uns auf ihr Bett, und ich betrachtete das Foto, das an meinem zehnten Geburtstag aufgenommen worden war. Damals waren wir alle drei fest in unserer Liebe verankert gewesen. Ich stopfte meiner Mutter ein Kissen unter den Kopf und überbrachte ihr so schonend wie möglich die schreckliche Nachricht.

»Papa hatte diese Nacht einen Autounfall. Er ist tot.«

Zunächst blieb sie sprachlos. Endlose Sekunden später erkundigte sie sich mit leiser Stimme nach dem Ablauf. Kühl antwortete ich, dass Jean-Paul wohl am Steuer eingeschlafen sei, dass der BMW die Leitplanke gestreift und sich überschlagen habe, dass ihr Ehemann sofort tot gewesen sei und dass mein Vater nicht gelitten habe. Ihr Gesicht erstarrte. Ich befürchtete einen Herzstillstand, strich ihr mit der Hand über die Stirn und spürte einen Tsunami, der alles mit sich riss. Ich nahm sie fest in die Arme und küsste sie. Es war wie in meiner Kindheit.

Ich erzählte ihr nicht, dass wir uns an jenem Abend getroffen hatten.

Ich erzählte ihr nicht, wer mit ihm im Auto gesessen hatte.

1996

Neben ihr ist mein Leben wie der Motor eines Renault Twingo. In Myriams Armen vegetiere ich mit dem anheimelnden Eindruck dahin, mich im tiefsten Nirwana zu befinden. Hinsichtlich ihrer Fähigkeit, mich glücklich zu machen, gebe ich mich keinen Illusionen hin. Mein Glück muss ich selbst in die Hand nehmen. Wir sind zu zweit, und doch ist jeder für sich. Aber unsere Verbindung ist bequem und zur lieben Gewohnheit geworden.

Ich kenne sie seit dem Gymnasium. Bei der Abschlussfeier flirteten wir heftig miteinander. Ein langsamer Tanz, ein Zungenkuss, »Hotel California«. Seither sind wir ein Paar. Wenn sie mich küsst, schmeckt sie nach Illusionen. Myriam träumt davon, Schauspielerin zu werden. Gemeinsam mit anderen Spinnern unseres Alters nimmt sie Schauspielunterricht. Sie rezitieren Corneille oder Molière und verdienen ihr Geld als Kellner im Restaurant. Myriam ist romantisch veranlagt und erzählt mir jeden Morgen ihre Träume. Darin schwimmt sie immer wieder durch irgendwelche Flüsse, segelt durch die Lüfte, hält sich für ein Flugzeug oder tanzt nackt auf der Straße. Sie schenkt mir Blumensträuße, analysiert Sonnenuntergänge und kann beim Anblick des Meeres staunend verharren. Ihre Fügsamkeit befriedigt mich. Mit anderen Worten: Unser Verhältnis ist eine sachliche Beziehung, die mich friedlich begleitet. Myriam langweilt mich auf liebenswürdige Weise.

Im Bett sind wir nur mittelmäßig, was hauptsächlich an mir liegt. Die Häufigkeit unserer Vergnügungen ist recht vorhersehbar. Wir lieben uns am Donnerstagabend und manchmal am Sonntagmorgen. Myriam geht samstags nicht gern aus, sondern liest bis zur Erschöpfung und schält dabei Clementinen. Ich nehme sie kaum noch wahr. Unsere träge Liebe zockelt gemächlich dahin.

Zerstörerischen Leidenschaften bin ich immer aus dem Weg gegangen. Natürlich habe auch ich schon von Frauen gehört, die Gift für Männer sind, von mörderischen Paaren und dunklen Begierden. Solche Gefühle pflege ich zu meiden, so, wie man sich davor hütet, sich mit Grippe anzustecken.

Oscar findet, dass Myriam am Leben vorbeilebt. Unsere Verbindung leidet nicht unter ihr. Myriam lässt mich in Ruhe, und ich muss ihr keine Rechenschaft ablegen. Sie akzeptiert unsere Dreierbeziehung.

Oscar reißt mich mit auf seine unruhigen Irrwege, aber meine eher vernunftbetonte Natur ist stärker als seine Dunkelheit. Wenn mein Beinahe-Bruder zu schnell versackt, setze ich mich ab und gehe heim zu meiner traurigen Freundin. Keine Exzesse. Nie.

Eines Morgens gesteht Myriam mir, dass sie mich betrogen hat. Sie hat ihren Körper einem anderen Mann überlassen, weil sie sich lebendig fühlen wollte. Mir wird klar, dass die Langeweile auf Gegenseitigkeit beruht und dass auch sie an meiner Seite langsam verwelkt. Dass ich nicht wütend werde, verletzt sie. Sie erwartet etwas anderes von mir. Ein Aufbäumen meines Stolzes oder einen handfesten Krach. Als sie mir ihre Sünde beichtet, sage ich nur: »Ist doch nicht schlimm« und räume weiter den Geschirrspüler aus.

»Dann findest du es also gut?«

Ich gehe ins Wohnzimmer, um die Auseinandersetzung gleich im Keim zu ersticken. Es ist dumm, über Fehltritte zu sprechen. Auch ich war Myriam nicht immer treu. Ganz im Gegenteil: Einmal habe ich ihre Schwester angebaggert, die mich daraufhin auf den Mund küsste und gleichzeitig ohrfeigte. An einem feuchtfröhlichen Abend schlief ich mit Myriams bester Freundin. Oscar deckte mich. Er wachte vor der Tür, damit niemand unser Techtelmechtel störte. An jenem Abend war ich ganz der Sohn meines Vaters. Ich hielt es nicht für angebracht, mit Myriam darüber zu reden. Ihre Freundin ebenso wenig. Daher stößt ihr Eingeständnis mich ab, gar nicht so sehr, weil ein anderer ihre birnenförmigen Brüste liebkosen durfte, sondern wegen ihrer Ehrlichkeit, die hier fehl am Platz ist.

Sie beichtet nicht, weil sie sich mir gegenüber anständig verhalten will, sondern um ihr Spatzengewissen zu erleichtern. Trotzdem verlasse ich Myriam nach diesem Zwischenfall nicht. Sie wird diese Aufgabe später selbst übernehmen, und zwar an dem Tag, als sie feststellt, dass etwas anderes meine Augenfarbe verändert hat.

1997

Sie erinnert an ein geschundenes Kätzchen. Schon von Weitem erkennt man ihre Rippen. Wie der Blitz flitzt sie von der Küche ins Wohnzimmer, knallt ihre Zimmertür zu und schließt sich stundenlang ein. Als sie wieder herauskommt, habe ich zu viel getrunken. Oscars Wohnung ist voller Menschen. Der Soundtrack pendelt unterschiedslos zwischen »Sympathy for the Devil« von den Rolling Stones und »Staying Alive« von den Bee Gees. Die Leute tanzen wie verrückt. Sie werfen die Arme in die Luft, hüpfen mit beiden Füßen über das Parkett, klatschen sich gegenseitig fröhlich auf den Po und fühlen sich endlich frei von einem Gewicht, das sich seit mindestens drei Stunden im Alkohol auflöst.

Das Büfett ist ein trauriges Schlachtfeld. Außer ein paar kümmerlichen Resten, leeren Weinflaschen, Champagnerpfützen und von heißer Asche perforierten Plastikbechern ist nichts mehr zu finden. Wir befinden uns im letzten Drittel der Nacht und hören schon längst nichts mehr. Das ist nicht weiter schlimm, denn die Zeit des Miteinanderredens ist längst vorbei. Jetzt schreien wir nur noch im Taumel der Rhythmen. Die Boxen dröhnen, die weit geöffneten Fenster bekämpfen die schlechten Gerüche. Draußen macht sich die Sonne bereit. Die Nacht ist bald vorüber.

Jemand läutet an der Tür. Niemand fühlt sich zuständig. Das Läuten wird zu einem Klopfen, dann zu lautem Poltern. Ein blondes Mädchen mit verlaufener Mascara öffnet der Polizei. Die Nachbarn sind wütend wegen des Lärms. Wir müssen die Geburtstagsparty sofort abbrechen.

Oscar ist fünfundzwanzig geworden. Überall riecht es nach Hasch. Die Dünste kriechen bis ins Treppenhaus. Der Polizist kennt bei Drogen kein Pardon und informiert seine Vorgesetzten. Der Plattenspieler schweigt, die Kerzen werden ausgepustet, das Deckenlicht lässt Augenringe hervortreten, die lastende Stille wird nur noch von leisem Geflüster unterbrochen. Angesichts des Uniformierten mit der Taschenlampe leert sich die Wohnung in Windeseile. Nur wir beide sind noch übrig, Oscar und ich.

Plötzlich taucht das geschundene Kätzchen inmitten des Durcheinanders auf. Sie hat sich einen Schal um die Schultern geschlungen. Mit einem Müllsack in der Hand macht sie sich wie ein Goldsucher ohne viel Aufhebens ans Aufräumen. Ihr offenes Haar fällt ihr ins Gesicht und verbirgt ihre madonnenhaften Züge. Wir werden einkassiert und in ein Polizeifahrzeug verfrachtet. Auf der Treppe erlischt die Flurbeleuchtung. Das Kätzchen zündet sich eine Zigarette an. Im Auto stellt Oscar uns einander vor. Ava begrüßt mich in der Dunkelheit des Polizeiautos mit einem festen Händedruck. Gegen unseren Willen quetschen wir uns mit einem weiteren Uniformierten auf die Rückbank. Blaulicht zuckt über Avas Gesicht.

Sie betritt die Polizeiwache rückwärts. Im grellen Licht der Halogenleuchten sehen wir blass aus. Das Kätzchen sitzt mit gesenktem Kopf nachdenklich neben uns.

Wir sind an der Reihe und betreten das Büro eines Polizeiobermeisters, der mit zwei Fingern etwas in die altmodisch plumpe Tastatur seines Computers tippt. Das Gerät rattert, macht Geräusche wie ein Rasenmäher und keucht wie ein alter Mann auf der Treppe. Der Polizist hat die Hemdsärmel hochgekrempelt. Während er sich konzentriert, spitzt seine Zunge zwischen den Lippen hervor. Er gibt sich große Mühe. Man merkt sofort, dass er Vernehmungen nicht leiden kann. Ihm ist es lieber, Macht zu demonstrieren. Seine Waffe steckt in seinem Gürtel. Berichte über ruhestörenden Lärm bei einer Feier zu tippen ist ihm ein Gräuel. Er legt beide Füße auf den Tisch, verschränkt die Hände hinter dem Kopf und massiert sich den Nacken. Dann lässt er seine Fingergelenke knacken, reibt sich die Stirn und rattert schließlich mechanisch herunter:

»Name, Vorname, Geburtsdatum, Beruf.«

Wir sagen unsere Sprüchlein auf.

»Petronitz, Paul, geboren am siebten Dezember 1972, Immobilienmakler.«

»De Lacours, Oscar, geboren am einundzwanzigsten September 1972, Finanzberater.«

»Stella, Ava, geboren am vierten September 1973, Flugbegleiterin.«

Sofort entsteht in meiner Vorstellung ein Bild. Vier Uhr morgens. Hochgestecktes Haar, makellose Uniform. Sie zieht einen Rollenkoffer hinter sich her, in dem nur das Nötigste verstaut ist. Einsam wandert sie durch Hotelkorridore. Die Minibar hat sie nicht angerührt. Eingetaucht in die Leere, lag sie auf dem Bett. Vielleicht ist sie dann und wann ans Fenster getreten. Sie liebt es, wenn die Stadt schläft und die Hochhäuser wie leblose Türme aussehen. Dann ist ihr, als wäre sie ganz allein auf der Welt. In der Lobby nickt sie dem Nachtportier zu und steigt in ein klammes Taxi. Der Fahrer ahnt, wo sie hinwill. Sie murmelt die Nummer des Terminals und lehnt den Kopf an die Scheibe. Woran mag sie denken?

Die Vorstellung befremdet mich auf seltsame Art. Ich bin in meinem Leben nicht viel gereist. Ich gehöre nicht zu der exotischen Sorte. Ich war in Sprachferien in England, einmal in Marokko, auch auf den Balearen und einmal entweder in Spanien oder in Portugal. Ich war noch zu jung, um mich genau zu erinnern. Gern würde ich einmal nach New York fliegen; Oscar zieht es eher nach Asien. Er träumt davon, in Bangkok zu sterben. Oder wie ein König inmitten einer Schar von Getreuen an einem Strand auf Ko Samui.

Sie liebt die Nacht und jongliert gern mit den Zeitzonen. Kleine, wilde, magere Katze. Sie verbringt die Abende nicht mit den anderen Crewmitgliedern, nimmt keinen Absacker an der Hotelbar, betrinkt sich nicht mit dem Flugkapitän und wartet nicht darauf, dass ein Flugbegleiter bei ihr anklopft und wer weiß was vorschlägt. Nein, Ava Stella ist aus einem anderen Holz geschnitzt. Sie ist nicht wie die anderen.

Sie schaut dem Polizisten in die Augen und lässt die Prozedur über sich ergehen, ohne sich auch nur eine Sekunde lang bedroht zu fühlen. Als es um das Päckchen Haschisch geht, das in Oscars Wohnung gefunden wurde, antwortet sie, ohne zu zögern:

»Das gehört mir.«

»Ihnen? Sind Sie ganz sicher, Mademoiselle? Sie sehen nicht aus wie eine Kifferin.« Der Polizist deutet mit dem Kinn auf uns.

»Ich brauche es wegen meiner Erkrankung. Tut mir leid.«

»Welche Erkrankung?«

»Ich habe einen Gehirntumor und leide daher häufig unter schwerer Migräne. Wenn kein Medikament mehr hilft, rauche ich Haschisch. Immer nur ein paar Züge, mehr nicht. Es beruhigt und hilft, Schmerzen zu lindern und Schlaf zu finden. Verstehen Sie das?«

»So etwas habe ich ja noch nie gehört. Eine Flugbegleiterin, die Shit raucht! Hören Sie, es ist jetzt fünf Uhr früh. Wann geht Ihr nächster Flug?«

»Morgen Abend.«

»Versprechen Sie mir, bis dahin dieses Teufelszeug nicht mehr anzurühren.«

»Ich gebe Ihnen mein Ehrenwort.«

»Gut. Ich werde Sie natürlich wegen ein bisschen Gras nicht gleich einbuchten. Der Papierkram geht mir auf die Nerven, und mir ist nach einem Kaffee. Verschwinden Sie jetzt, alle drei! Ich habe mit Ihrem Krempel schon genug Zeit vergeudet. Und beim nächsten Mal machen Sie einfach weniger Lärm, dann müssen Sie auch keine Strafe zahlen.«

1997

Drei Tage vor Oscars Geburtstag steht Ava vor seiner Tür. Ein früherer Liebhaber aus der Schweiz hat ihn informiert, dass seine Schwester eine Unterkunft suche. Oscar bot ihm an, sie für ein paar Tage bei sich aufzunehmen. Als sie ankommt, hat sie nichts als eine blaue Reisetasche bei sich. Sie liefert keine langen Erklärungen. Ihr Bruder hat Oscar lediglich mitgeteilt, dass Ava wieder in die wirkliche Welt zurückzukehren wünscht, nachdem sie monatelang vom Familienradar verschwunden war.

Oscar bringt die Flugbegleiterin in seiner Wohnung unter, ohne eine Sekunde daran zu zweifeln, dass das merkwürdige Fabelwesen seine nächste Oase bei mir finden wird. Innerhalb von achtundvierzig Stunden verschmilzt sie mit der Einrichtung. Mein Beinahe-Bruder sagt nicht viel dazu. Irgendwann lässt er beiläufig fallen, dass er vorübergehend eine junge Frau bei sich aufgenommen habe und dass seine Gastfreundschaft keiner weiteren Interpretation bedürfe. Mit seiner neuen Mitbewohnerin sei alles höchst ehrenhaft.

Ava schlägt ein wie ein wundervoller, atemberaubender Blitz. Eigentlich ist es ein blödes Gefühl, denn es zieht eine ganze Reihe unklarer Eindrücke nach sich, die man tagelang analysieren könnte, ohne dass sie deutlicher werden, deren man sich aber auch nicht entledigen kann. In meiner Fantasie gibt es sehr viele dieser Eindrücke, angefangen bei unserem ersten Blickkontakt im bleichen Licht der Polizeiwache. Aus winzigen Bilderfetzen stelle ich jede Menge neuer Collagen zusammen. Ich nutze alles, was mein Gedächtnis seit jener Geburtstagsfeier hergibt. Gewisse Einzelheiten häufen sich, andere verschwinden wieder oder werden im Lauf der Zeit undeutlicher. Noch bin ich in der Lage, mir ihre Züge ins Gedächtnis zu rufen. Auch ihre Stimme kann ich noch hören. Diese Erinnerungen scheinen nicht so schnell zu verblassen. Ich liebe die Beständigkeit dieser Momentaufnahme.

Ava mit dem warmen Händedruck. Ava mit dem erfundenen Tumor. Ava, die Schweigsame mit dem flotten Mundwerk. Sie hat mein Leben im Bruchteil einer Sekunde verändert.

Kurz nach der Episode auf der Wache ist sie nach Hongkong geflogen, ohne ihren Gastgeber über das Datum ihrer Rückkehr zu informieren. Ich erlebe ihre Abwesenheit wie einen schrecklichen Verlust und schlage Myriam die Trennung vor. Myriam folgt meinem Rat. Ich sei nicht in der Lage, wirklich zu lieben, erklärt sie mir. Und sie hat recht. Bis zu diesem Augenblick hatte ich nie geliebt. Ich gebe ihr die Wohnungsschlüssel zurück und renne zu Oscar, ohne mir auch nur die kleinste Frage zu stellen.

Ich flehe meinen Beinahe-Bruder an, das Luftmädchen in dessen Bett erwarten zu dürfen. Ich will mich in Avas Duft suhlen und in ihrem Bettzeug schlafen. Oscar findet mich mitleiderregend und selbstmordgefährdet. Er warnt mich. Diese junge Frau werde mein Leben über den Haufen werfen. Ich werde Mut aufbringen, auf Komfort verzichten, im Frachtraum reisen und im Untergrund leben müssen, denn mit Ava, so behauptet er, werde nichts so sein, wie es geplant war. Das Orakel behält recht. Mistkerl.

Bei ihrer Rückkehr liest sie mich in ihrem Bett auf. Wir gehen nach unten, auf ein Glas und eine Erklärung. Das Gespräch dauert sechzehn Jahre.

Ich werde viel Zeit brauchen, um sie zu zähmen, und es wird mir vorkommen wie Lichtjahre. Das Tierchen ist nämlich nicht nur wild, sondern auch verletzt. Fünf Jahre hat sie in den Armen eines deutlich älteren Mannes verbracht, dessen Konturen unscharf bleiben. Er muss merkwürdig gewesen sein. Sie sah ihn nicht oft, weil er eine Ehefrau, Kinder und ein Haus besaß. Trotzdem fühlten sie sich aneinander gebunden. Es war ein unsichtbares Band, irgendetwas zwischen Hundeleine und Zügel. Ava war die Mätresse, er der Meister. Lange Zeit wohnte sie versteckt und wie mit einer peinlichen Krankheit behaftet in einem Zimmer nicht allzu weit von seinem Haus entfernt. Ava hatte durch den mir Unbekannten viel zu ertragen. Später wollte sie nie wieder über ihr Doppelleben sprechen. Sie wünschte einen klaren Schnitt. Man verliert nur Zeit, wenn man die Wahrheit von einem Wortbrüchigen erwartet, sagte sie.

Sechzehn Jahre, eine Ehe, zwei Kinder, eine Sternschnuppe. Rio, Bangkok, Jaisalmer, Texas, Arizona, New York, Teheran, Sansibar, Buenos Aires, Genf. Wir preschen voran wie Vollbluthengste. Der Tagesablauf wird vor allem von ihren Langstreckenflügen bestimmt. Ava Überschall. Sie ist meine Weltreise, mein fester Boden unter den Füßen, mein Düsenjet, Mach 3.

Dutzende Male nimmt sie mich als Bordgepäck mit. Vor allem zu Beginn, später seltener. Nach unseren Eskapaden kamen die kurzen Telefonate mitten in der Nacht und schließlich das Leben, die Freude, unser Schweigen, ihr Lachen, meine Fragen, die Müdigkeit, ihr Fehlen, die Begierde, der Schwung.

Tagelang werde ich auf sie warten und mich um die Kinder kümmern. Mami ist verreist, meine Süßen. Noch dreimal schlafen, dann kommt Mami wieder. Bestimmt bringt Mami euch etwas vom Himmel mit. Wenn wir schlafen, fliegt Mami über die Berge.

Wir vergnügen uns damit, die Wolken zu beobachten, und stellen uns vor, dass sie gerade jetzt über den Wattebäuschen dahinschwebt. Wir heben die Arme und hoffen, dass sie uns zuwinkt. Wir werfen ihr leidenschaftliche Luftküsse zu.

Das Geräusch des Aufzugs, ihr Parfüm auf dem Treppenabsatz, der Schlüssel im Türschloss.

Ich bin immer so glücklich, wenn du heimkommst, mein Liebling.

2015

»Und?«

Ich kenne diesen Tonfall. Oscar wirft am Telefon seine Netze aus. Seine Neugier ist unendlich. Manöverkritik des Essens vom Vorabend. Er erwartet mein Urteil. Was halte ich von David? Passt er zu ihm? Seine Attraktivität? Sein Charakter? Ist mir sein Duft aufgefallen? Und der hübsche Fleck im rechten Auge? Habe ich jetzt verstanden, warum? Freue ich mich über das Glück meines Beinahe-Bruders? Oscar wird ungeduldig. Was denn nun?

Ich antworte. Erbarmungslose Maschinerie der Lügen. Los, Kleiner, leg dich ins Zeug.

David hier und David dort. Ich achte genau auf meine Adjektive und die Zusammenfassung. Alle Aussagen sind haargenau aufeinander abgestimmt. Oscar bekommt meinen Segen. Vor Freude ist er zu Tränen gerührt. Ich meine nicht ein Wort von dem, was ich sage, denn ich bin innerlich vertrocknet. Dabei würde ich mich freuen, mich freuen zu können, aber seit dem Unfall bin ich dazu nicht mehr in der Lage. Wahnvorstellungen, Trauer, Medikamente, Höhen und Tiefen. Nur langsam finde ich wieder zu mir. Die Geschichte meines Vaters hat nicht nur alles zerstört, sondern auch eine unüberwindliche Sperrlinie in meinem Leben errichtet. Die Umrisse einer Grenze. Eine schwarze Front. Wenn es also um Freude geht … Aber ich kann sie ganz gut simulieren. Und ich gebe Gas. Ein zerbrochener Jugendfreund lässt sich nicht so leicht wieder flicken. Oscar hat so viel dafür getan, dass ich mich wieder besser fühlen sollte. Das möchte ich ihm zurückgeben. Plötzlich fallen mir Martin und Isabelle ein. Ich weiß nicht, warum ich ausgerechnet jetzt am Telefon an sie denken muss. Mit einem Lachen nehme ich den Gesprächsfaden wieder auf.

»Du hättest mir auch schon früher erzählen können, dass du dabei bist, dein ganzes Leben auf den Kopf zu stellen.«

»Wie schon gesagt – ich wollte warten, bis du wieder aufnahmefähig bist.«

»Auch damit, dass du einen Sohn erwartest?«

»Auch damit. Bist du mir böse?«

»Aber nein, Oscar. Warum sollte ich?« Mein und dein Leben sind plötzlich wie vertauscht. Du gründest eine Familie, meine hat sich aufgelöst.

»Glaubst du, dass ich ein guter Vater bin?«

»Ich setze großes Vertrauen in dich, Oscar. Wirklich großes Vertrauen.«

Warum sollte es dir anders ergehen? Du hast mich schon früh gewarnt. Los, Oscar. Lebe mein Leben! Werde häuslich! Zuerst ist da die Leidenschaft. Wie eine Droge. Wie eine Linie Koks mitten ins Hirn der Turteltäubchen. Neurotransmitter, haltet euch fest. Ihr atmet euch ein, tauscht eure Flüssigkeiten aus, balgt euch kopfüber und kopfunter. Vor dem Absturz ist das Leben ein Fest, und eine Sonne aus Serotonin erstrahlt über eurem Bett. Die Ewigkeit ist wie eine Autobahn: Sie blinzelt euch vom Asphalt aus zu. Ihr bekommt einen Steifen vor dem offenen Grab. Jung bleiben und schnell sterben. *Niemals ein anderer als du, niemals eine andere als du.* Eine Achterbahn mit ihren vielen verbotenen Vergnügungen. Mein Gott, du duftest wie das Paradies. Du gehst mir unter die Haut. Es ist eine kindliche Lust, und sie ist stärker als du.

Du bist ein guter Vater, Oscar, ein ganz besonders guter sogar. Windeln, Badewanne, Fläschchen. Du bist gegen Schnuller und feuchte Reinigungstücher. Babyöl auf Watte ist besser für die Babyhaut. Du bist ein Supermann, mein lieber Oscar. Du machst etwas her mit deinem Babytragetuch.

Deine Pornohefte hast du gegen das Gesamtwerk der Erziehungsratgeber von Françoise Pernoud eingetauscht. Mazel Tov! Viel Glück! Du hängst an den Lippen des Kleinen, selbst dein iPhone hast du zum Babyfon umfunktioniert. Dein Baby ist das beste von allen. Du bist stolz auf seine Wachstumskurve, die du deinen Freunden nur allzu gern vorführst. Niemand kann sich den Fotos des Kleinen entziehen. Es sind nicht nur ein oder zwei, sondern dreihundert. Du nervst uns mit dieser Geburt und siehst aus wie ein Depp mit deinem dreirädrigen Kinderwagen, aber niemand traut sich, dir das zu sagen. Die Probleme der Kinder von Schwulen sind die gleichen wie die der Kinder von Heteros: Es sind ihre Eltern.

Erste Nacht, erster Zahn, erster Schritt. »Hoppe, hoppe, Reiter« und »Heile, heile Gänschen«. Es ist dämlich, aber es ist gut.

Immer mit der Ruhe, mein lieber Oscar. Im schlimmsten Fall wird es eine bodenlose Enttäuschung. Irgendwann kommt immer der Zeitpunkt, wo die Helden zerstört sind und die Götter sich nicht mehr riechen können. Hektik, Streitereien, Vorwürfe. Gib mir das Salz und halt die Klappe, Mistkerl. Ein trauriger, düsterer Himmel senkt sich auf dein Engelshaupt. Lebe das Leben eines Wochenendvaters. Auch in deiner Hütte wird die Anspannung steigen. Aufhören oder weitermachen? Du entscheidest dich für ein zweites Kind, um das Problem zu lösen. Ziel ist, euch als Paar wieder zusammenzubringen. Aber

Achtung: Das kann ins Auge gehen. Ich warne dich, mein lieber Oscar: Bei uns Heteros führt die Geburt des zweiten Kindes häufig dazu, dass Männer, die ihre Frauen lieben, plötzlich alle anderen begehren.

Mit zwei Kindern ist das Leben keine Kokslinie mehr. Dein Leben wird zu homöopathischen Globuli D 6, und die Scheidung ist bald schier unausweichlich. Ja, mein Bruder, auch du wirst dir einen Anwalt nehmen dürfen, auch du wirst hohe Unterhaltszahlungen leisten, auch du wirst ein über das andere Wochenende allein sein. Aber das ist kein Grund. Jetzt bist du im Spiel. Sei gut.

»Ganz sicher wirst du ein guter Vater. Das Wichtigste ist, sich keine Illusionen zu machen. Abseits aller Technologie und sexueller Vorlieben brauche ich dir sicher nicht zu erklären, dass Zusammenleben darin besteht, loslassen zu können. Im besten Fall wird man zur schönen Erinnerung, im schlimmsten ein Geist oder der Albtraum im Leben des Partners.«

»Findest du nicht, dass du jetzt ein wenig zu schwarz malst, Paul?«

Ich habe eine Hoffnungskrise. Sie überfällt mich wie aus heiterem Himmel. Ehe ich auflege, erkläre ich Oscar, dass ich ihm, weil er mir mein Leben stiehlt, das seine wegnehmen werde. Jawohl, ich verlasse mein Rattenloch eines untröstlichen Paterfamilias und ziehe in ein supercooles Loft mit Ausblick.

Ich verbrenne meine Klamotten, ziehe mich endlich wieder geschmackvoll an, gönne mir eine Maniküre und schlafe morgens lange aus. Ich trage alle Klischees zusammen wie eine köstliche Karikatur. Weil ich Massen von Meilen angesammelt habe, kann ich eines Tages mit seinem Sohn weite Reisen unternehmen. Oscar bekommt dann Postkarten von der Front. Manchmal ist das Leben wie Karamell-Eiscreme.

1998

Mama weint nicht mehr. Jean-Paul hat sich zusammengerollt und schnurrt wie eine Katze auf der Heizung. Vergangenen Monat hat er ihr eine Reise und einen Ring geschenkt, einen goldenen Reif, den er ihr an einem Wochenende in Venedig zum dreißigsten Hochzeitstag in den Teller legte. Seit ihrer Rückkehr gebärden sie sich wie ein Liebespaar. Er sieht sie mit verliebten Blicken an.

Nach außen hin tragen die Liebenden dick auf. Vater und Mutter haben das passende Lächeln auf den Lippen. Beide legen großen Wert darauf, als etwas zu erscheinen, was sie nicht mehr sind. Als gute Thanatopraktiker von Gefühlen konservieren sie sorgfältig das Gespenst ihrer großen Liebe.

Draußen beneidet man sie sogar.

Die Freundinnen meiner Mutter beglückwünschen sie zu ihrem Glück, einen derart tollen Mann gefunden zu haben. Er ist ein guter Architekt, und seine Pläne sind genau ausgearbeitet. Als Paar sind sie wie ein fabelhafter Panzerkreuzer. Von außen gesehen, ist mein Zuhause ein fürstlicher Hort der Zweisamkeit.

Der heutige Tag sollte im Kalender rot markiert werden, denn ihr erwachsener Sohn will ihnen jemanden vorstellen. Oscar hat sich bereit erklärt, den Anstandswauwau zu spielen. Wir ließen ihm allerdings auch keine Wahl, und ich glaube sogar, dass Ava ihre Drohung wahr gemacht hätte, ihm die Kehle gleich unterhalb seines prominenten Adamsapfels durchzuschneiden, wenn er sich gedrückt hätte.

Man stellt seinen Eltern nicht jeden Tag ein Mädchen vor. Beim letzten Mal war ich ungefähr sechzehn, und der kurze Besuch einer gewissen Lucie brachte mir wochenlang ironische Bemerkungen von meinem Vater ein. Er fand sie ein wenig flach, womit er weniger auf ihre 70 B anspielte als auf ihre anscheinende Unfähigkeit, Konversation zu treiben. Die arme Kleine war so aufgeregt gewesen, dass sie vergessen hatte, ihren Kaugummi auszuspucken, und daher beim Essen zwischen zwei Blasen auf alle Fragen meiner Mutter nur mit Ja oder Nein antwortete.

Obwohl Ava vom ersten Tag an immer das Gegenteil behauptet hat, möchte auch sie nur geliebt werden. Mit ihrem roten Mantel und einer makellos weißen

Mütze, unter der sie ihre Haare versteckt hat, sieht sie wie eine brave Tochter aus gutem Haus aus, wie man sie heute nur noch manchmal in bestimmten französischen Mädchenpensionaten findet. Eines jener Mädchen, die noch Danke und Bitte sagen, die wissen, dass man im Esszimmer abwartet, bis alle sitzen, ehe man selbst Platz nimmt, denen klar ist, dass man bei Tisch die Ellbogen nicht aufstützt, und die nicht nur gelernt haben, dass man nicht vor der Hausherrin zu essen beginnt, sondern auch, dass es zum guten Ton gehört, deren Kochkünste zu loben.

Ava bedankt sich mit herzlicher Wärme bei meinen Eltern für die Einladung und dafür, dass sie sich in ihrem Haus ein wenig heimisch fühlen darf, was bei ihr selten vorkomme, da ihre eigene Familie für regelmäßige Besuche zu weit entfernt wohnt.

»Kinshasa?«

Die Hauptstadt des Kongo sagt meiner Mutter nur wenig. Für sie ähneln sich alle afrikanischen Länder. Avas Eltern haben in derlei exotischen Gefilden sicher nichts zu lachen, denkt sie, auch wenn ein Vater, der Ingenieur ist, für die Kinder einen wahren Schatz darstellt.

»Aber eigentlich kann man sich überall einrichten«, fügt Mama hinzu, ehe sie das Gespräch auf ihre Jugenderinnerungen lenkt.

Ava reißt sie bei diesem Thema geradezu mit.

Meine Liebste hat die Gabe, Fragen umzukehren und ihren Gesprächspartnern Vertraulichkeiten zu entlocken, um ihnen selbst besser ausweichen zu können.

»Es war ein wahrer Triumphzug, Paulo. Sie haben sie innerhalb von dreißig Sekunden akzeptiert.« Oscar jubiliert. Er sitzt am Küchentisch und zündet sich eine Zigarette an.

Ich schenke ihm noch ein Glas Sancerre ein. Unser Verschwinden scheint die anderen nicht zu stören. Ava und Mama festigen zwischen Kindheitserinnerungen und Lebensläufen ihre Bekanntschaft.

Durch die halb geöffnete Tür sehe ich, dass Jean-Paul nur dasitzt und nichts sagt. Oscar versucht, sein Schweigen zu deuten, ich aber finde sofort eine gute Entschuldigung für ihn.

6:3, 6:2. Am Tag zuvor haben wir Tennis gespielt. Mein sportlicher Vater ging hinterher auf dem Zahnfleisch und war fix und fertig. Zweifellos ist meine Rückhand schuld an seiner abwesenden Miene und den angespannten Zügen. Seit zwei Jahren wird es enger zwischen uns. Vorbei die Zeit der unverschämten Niederlagen, der 6:0 des triumphierenden Vaters, des abgehetzt hinterherhechelnden Sohnes. Lange hatte es Jean-Paul großes Vergnügen bereitet, mich auf dem Tennisplatz alt aussehen zu lassen. Immer wieder sagte er, dass man im Leben wie im Tennis nie entweder gewinnt oder verliert, sondern dass es einzig auf den Willen ankommt. Nach dem Match schüttelten wir einander am Netz die Hände. Seine Hand schien meine zermalmen zu wollen. Jedes Mal. Sein Ausdruck verriet mir die Distanz, die ich noch zurückzulegen hatte, bis meine Zeit anbrechen würde. Und auch, dass der Weg noch sehr weit war.

Oscar findet meinen Vater entgegen meiner Meinung gut in Form und höchst aufmerksam.

Jean-Paul, der Zärtliche, sitzt seitwärts auf seinem Stuhl. Seine kräftige Rugbyspieler-Gestalt wendet Ava halb den Rücken zu.

»Man könnte fast meinen, dein Vater wolle für etwas um Nachsicht bitten.«

»Was redest du da?« Siehst du nicht, dass er sich langweilt?

Mein Vater langweilt sich immer bei Tisch.

Ich verkünde die Neuigkeit beim Nachtisch. Ava hat eingewilligt, mich zu heiraten. Ich habe vor ihr niedergekniet. Sie hat laut gelacht und fand mich altmodisch, aber rührend. Es war an einem Sonntagmorgen vor der Bäckerei. Mit einem Mal wusste ich, was zu tun war, und es fühlte sich ganz selbstverständlich an. Die Frage kostete mich einigen Mut. Erst lachte Ava, dann weinten wir beide. Sie stürzte sich in meine Arme und nahm mir den Schwur ab, dass ich diese Worte nie bereuen würde. Dann rannten wir nach Hause, um miteinander zu schlafen. Sie riss das Fenster weit auf und schrie hinaus, dass sie mich liebe.

1999

Sie ist geradezu ein Geschenk des Himmels. Die Wohnung hat dreieinhalb Zimmer auf einhundertvier Quadratmetern. Ein Wohnzimmer, eine Küche, zwei Zimmer, WC, Bad, Gästetoilette und einen Balkon von sechs Komma acht Quadratmetern.

Dank meines Vaters bekomme ich die Schlüssel, ehe die Anzeige in der Zeitung erschienen ist. Jemand hat die Wohnung geerbt, will sie aber nicht verkaufen, sondern sucht solvente Mieter, um regelmäßig Gewinn aus dem Erbe zu schlagen. Jean-Paul legt mir nahe, mich auf diese Gelegenheit zu stürzen.

»Du wirst es mir später danken. Bei der ersten gemeinsamen Wohnung sollte man nichts dem Zufall überlassen. Sie gehört dir, aber wehe, ich höre je etwas von einem Mietrückstand. Immerhin bürgt dein Vater für dich.«

Er lächelt. Ich würde ihn jetzt gern in die Arme nehmen. Dabei belassen wir es.

Ein Panoramablick, bei dem uns die Stadt zu Füßen liegt und die Nacht in den unterschiedlichsten Farben erstrahlt. Ich zweifele keine Sekunde daran, dass Ava hingerissen sein wird von unserem Nest, dessen Balkon hoch über einem Delta erleuchteter Straßen liegt.

Ich bin mir meiner Sache ganz sicher. Bei uns wird kein Abend dem anderen gleichen, und jeder Morgen wird ein neues, vom Schwert der aufgehenden Sonne durchbohrtes Gedicht sein. Es ist mein Versprechen. Und mag es draußen grau in grau bleiben, dort oben wird es uns bestimmt gelingen, die Nebelbarriere zu überwinden.

Im frühen Abendlicht ist diese Wohnung wie ein Sommermärchen über der Stadt und ein Vorgeschmack auf das Paradies.

2001

Als Kind bedeutete das Jahr 2000 für mich: fliegende Untertassen, Außerirdische, *Star Wars*, 3D. Das Jahr 2000 würde ein wahres Eldorado werden, dachte ich. Ich würde endlich alt genug sein, das Universum zu verstehen und meinen Platz in der Welt einzunehmen. Ich würde einen Roboterhund haben, eine Cyberfreundin und ein Laserschwert. Es würde das Zeitalter des Beamens sein.

Oscar behauptete allerdings, dass wir vermutlich alle grässlich mutieren würden. Wir würden zur »Generation Bionik« werden. Jeder von uns würde drei Milliarden wert und in der Lage sein, Frauen wie die Sieben-Millionen-Dollar-Frau Jaime Summers zu verführen. Wir brauchten uns nicht mehr auf die anstrengende Art unserer Vorväter fortzupflanzen und uns im Grunde überhaupt nicht mehr dem Zwang der Reproduktion zu beugen. Im Jahr 2000 würden wir das Tierreich hinter uns gelassen haben und uns nicht mehr mit Banalitäten wie Elternzeit, einer Frau, einem Job, einem Haus und Kindern abgeben müssen. Wir würden Pommes-frites-Pillen essen, eine Impfung gegen den Wunsch haben, alle Frauen zu lieben, würden längst über jede Vorstellung von Zivilisation hinaus, unsterblich und kastriert wie Kater sein.

Kinderträume sind wie bengalisches Feuer. Das Erwachsenenleben hat uns dann doch mit Haut und Haaren gefressen, und wir haben das gute, alte Modell monogam lebender französischer Elternpaare fortgesetzt.

Wie wird es aussehen? Wie wird der Knirps mein Leben und unser Leben als Paar verändern? Ich habe Tausende Artikel gelesen und in allen möglichen Fachzeitschriften geblättert. Ich bin nicht bereit.

Vater zu werden ist so ungefähr das Letzte, woran ich denke, als Ava mir an jenem Abend den Schock meines Lebens versetzt.

Mein Kopf glüht, meine Brust ist eng. Ich trinke eine ganze Flasche Wasser auf ex. Mein Mund ist trocken, mal ist mir warm, mal kalt. Versicherungskarte, Mutterpass, Ultraschallbilder, das letzte Rezept. Ich lese die Liste zum ungefähr vierzehnten Mal durch, um sicherzugehen, dass ich nichts vergessen habe. Zwei Nachthemden, ein Morgenmantel, Pantoffeln, Handtücher, ein Fön, einen Kulturbeutel und zwei oder drei Stillbüstenhalter. Aber das ist nicht alles. Ich lege Papiertaschentücher dazu, einen Mineralwasserzerstäuber, ein Eau de Toilette zum Erfrischen, ein Massageöl, eine Wärmflasche, um Avas Rücken zu entlasten, und ihre Lippenpomade. Jetzt ist alles da, alles ist vorbereitet.

Während der neun Monate war Ava nie unruhig. Dafür leide ich unter dem Couvade-Syndrom. Ich nehme vier Kilo zu, schlafe schlecht, wache mitten in der Nacht kurzatmig auf, schwitze und bekomme Panikattacken, wenn ich ihr die Hand auf den Bauch lege. Jean-Paul macht sich über meine bonbonrosafarbenen schlaflosen Nächte lustig.

Ava rundet sich wie ein Fußball. Mit ihrer weißen Haut sieht sie aus wie ein Gemälde von Vermeer.

Heute Morgen hat sie mir gesagt, dass es so weit ist. Ich befürchte Komplikationen in letzter Minute, sie findet mich überängstlich. Niemand hat mit diesem Kind gerechnet. Nein, es ist kein Betriebsunfall, es ist ein Wunder, das uns überrumpelt hat.

Beim Ultraschall im fünften Schwangerschaftsmonat sind wir schwach geworden und haben uns entgegen unserem früheren Entschluss schließlich doch dazu entschieden, das Geschlecht des Kindes erfahren zu wollen. So kann man sich einfach besser vorbereiten. Der Arzt fixierte mich geradezu, als er

Farbe bekannte. Nie werde ich das Flüstern vergessen. Ich sprach von den Hoden auf dem Bild. Ava hatte Gel auf dem Bauch und Sonne im Gesicht. Ich fühlte mich entlarvt, senkte den Blick und starrte, ohne zu atmen, auf den Boden.

Ein Junge. Das war auf jeden Fall ein Risiko. Was für eine Sorte Vater würde aus mir werden? Na? Was für eine Sorte Vater würde aus Jean-Pauls Sohn werden? Ein Junge ist wie eine Mauer, ein unbezwingbarer Berg, ein Vergrößerungsspiegel und viele unglückliche Jahre.

Eines ist sicher: Mein Sohn soll keine Gewalt kennenlernen. Ich werde ihm ganz viel Liebe schenken. Mit Puderzucker obendrauf.

Ich sitze auf den Schultern von Jean-Pauls Schatten und spiele Verstecken mit dem Licht. Ich bemühe mich, seinen Kopf mit meinen Schenkeln zu zerquetschen. Er macht sich frei und legt mir die Hand auf den Mund. Ich ersticke einen Schrei.

2005

Oscar lässt nicht locker. Strohhüte. Die Füße im Wasser. Der Strand zweihundert Meter entfernt. Das Meer glatt wie Öl. Der dünne Saum des Horizonts. Der absolute Friede. Er will seinen Traumurlaub unbedingt mit uns verbringen. Wir gehen ihm mit unseren Fragen auf die Nerven. Er ist unverheiratet und muss improvisieren, wenn es um Gesellschaft geht. Ein am Vorabend mitgenommener Typ, ein Einheimischer, oder beides.

»Kommt doch einfach alle drei mit. Ich spiele den Superbabysitter für Martin und unternehme schöne, lange Spaziergänge mit meinem Patenkind. Dann habt ihr einmal so richtig Zeit für euch. Ihr habt ohnehin keine Wahl mehr, ich habe nämlich heute Morgen schon eure Flugtickets gekauft, seht ihr?«

Er hat die Tickets in einen Umschlag gesteckt und legt sie uns mit der ihm eigenen, ehrlichen Großzügigkeit hin, die es uns unmöglich macht, ihm zu widerstehen oder auch nur zu versuchen, sein Angebot abzulehnen.

Oscars Wegbeschreibung reicht nicht aus. Ich biege mit dem Mietwagen falsch ab und brauche eine gute halbe Stunde länger, was mir ein paar bittere Vorwürfe von meiner Frau einträgt. Ava ist ungeduldig, wegen des Kleinen. Martin schläft friedlich auf dem Rücksitz. Das Panorama der Trauminsel besänftigt alle und setzt den Feindseligkeiten ein Ende. Die Landschaft ist atemberaubend. Die asphaltierte Straße endet und setzt sich in Feldwegen fort. Wir machen den Zaun eines Anwesens ausfindig. Zu Oscars Hütte müssen wir klettern. Das Häuschen liegt wie angeklebt am Abhang hoch über dem Nichts. Ein Schmugglerpfad schlängelt sich durch das Grün und mündet an einem einsamen Strand.

Das strahlend weiße Steinhaus flimmert mit geschlossenen Läden im Licht. Oscar hilft uns, es uns gemütlich zu machen. Das Zimmer ist von mönchischer Kargheit. Ein großes Bett mit Moskitonetz, eine Kommode, eine Kleiderstange, ein Kinderbett. Den Abend verbringen wir auf der Terrasse. Martin wird von einem unendlichen Sternenhimmel fast erdrückt; wir drei Erwachsenen strecken uns aus und genießen unser Bier. Um Mitternacht geht Oscar schwimmen, ich folge ihm nur allzu gern.

Mit einer Taschenlampe steigen wir zum Strand hinunter. Ava will lieber schlafen gehen. Als wir eine Stunde später mit um die Taille geschlungenen Handtüchern zurückkehren, klingelt ihr Telefon.

»Ich glaube, dein Vater will etwas von uns.«

Sie reicht mir das Telefon. Für den Bruchteil einer Sekunde habe ich den Eindruck, dass er sich wundert, meine Stimme zu hören. Ob wir gut angekommen sind? Hat Martin die Reise gut überstanden?

Seit Martin auf der Welt ist, hat Jean-Paul nur noch Augen für seinen Enkel. Er behauptet, mit seinem Sohn habe er lediglich geübt, ein Enkel aber sei die Kür. Und Großvater eines Jungen zu sein sei der absolute Gipfel. Mit seinen fünfundfünfzig Jahren fühle er sich endlich bereit und reif genug, sein Wissen weiterzugeben. Seit der Enkel da ist, ruft er fast jeden Tag bei uns an, um zu erfahren, wie es ihm geht. Meistens gebe ich ihm Ava, denn um ganz ehrlich zu sein, bin ich nicht unbedingt über alle Wendungen des Babyalters auf dem Laufenden, während er sich mit der Präzision des Architekten recht schnell in die Geheimnisse der kindlichen Verdauung einarbeitet. Schwiegervater und Schwiegertochter diskutieren dann meist lange über den »Sohn des Sohnes«. Sein Interesse für meinen Sprössling rührt mich. Meine Mutter hält sich meist nachdenklich im Hintergrund.

Im vergangenen Frühjahr sind sie zu dritt in Ferien gefahren. Ohne große Umstände war Jean-Paul bereit gewesen, meinen Platz einzunehmen. Ich stand gerade in schwierigen Verhandlungen, ein in Einzelwohnungen aufgeteiltes Wohnhaus zu verkaufen. Ein aufwendiges Unterfangen, das viel Zeit erforderte, aber dann doch plötzlich zum Abschluss zu kommen schien. Ava hatte den Einfall, meinen Vater einzuladen.

»Wir könnten ihm doch vorschlagen, uns zu begleiten. Er hat Martin so gern.«

»Mein Vater?«

»Ja. Deine Mutter hat Angst vorm Fliegen, außerdem wirkt sie ziemlich erledigt. Aber für Jean-Paul wäre eine Woche in der Sonne mit seinem Enkel doch sicher ein Traum, oder?«

»Ein tolles Geschenk, wirklich. Aber was ist mit dir? Kannst du ihn ertragen?«

»Mach dir um mich keine Sorgen, Schatz. Ich habe jede Menge Bücher dabei und große Lust, nach den häufigen Jetlags endlich einmal richtig auszuschlafen. Außerdem weißt du genau, dass ich mich niemals langweile.«

Oscar glaubt allen Ernstes, am Tag zuvor am Stand des Fischhändlers Jean-Paul gesehen zu haben. Er hätte schwören können, dass er es war. Die Ähnlichkeit sei frappierend gewesen. Er ist dem Traumgespinst sogar noch nachgelaufen, aber der Doppelgänger hat sich in Nichts aufgelöst.

2006

Vier Anrufe in Abwesenheit. Meine Mutter hat mir eine Nachricht hinterlassen: *3250 Gramm, 52 Zentimeter.* Alles verlief wie geplant. Isabelle ist tatsächlich ein Mädchen.

Mit dem zweiten Kind war alles ganz einfach. Ich hatte keine psychosomatischen Ausfälle und konnte die neun Monate genießen.

Obwohl ich zur Klinik renne, ist es zu spät. Ich habe die Geburt meiner Tochter versäumt.

Der Verkauf der Maisonnette-Wohnung ist ein wenig entgleist. Nach der Vertragsunterzeichnung war der Verkäufer so glücklich über den Gewinn, dass er darauf bestand, mir einen auszugeben. Zwar wollte ich mich sträuben, sagte dann aber doch zu und fand mich schließlich beim dritten Glas Pastis wieder. In der Bar war es so laut, dass man sein eigenes Wort nicht verstand, vom Klingeln eines Handys ganz zu schweigen … Dabei hatte ich beim Leben meines Sohnes versprochen, während der letzten achtundvierzig Stunden ständig erreichbar zu sein. Wir ahnten bereits, dass Isabelle nicht mehr lange auf sich warten lassen würde.

Glücklicherweise war Jean-Paul da. Mein Vater holte Ava mit seinem nagelneuen BMW ab, der noch eingefahren wurde.

Der X3 in Graumetallic war sein Traum. Mahagoniholz, versenkbares Dach, Lederausstattung in »Nevada-Beige«, edle Intarsien in hellem Nussbaum – Jean-Paul hätte nicht stolzer sein können.

Die diensthabende Hebamme in der Klinik erkannte Ava gleich wieder. Mein Vater blieb bei meiner Frau, bis sie in den Kreißsaal gebracht wurde, aber Ava wollte, dass er sie auch dorthin begleitete. Die Hebamme brachte ihm Schutzhaube, Kittel und Überschuhe. Jean-Paul verkleidete sich und ging in den Kreißsaal. Er hat zugesehen, wie Avas Körper sich wand, er hörte ihre Schreie, wurde Zeuge, wie der Geburtskanal sich öffnete, erlebte den gesamten Ablauf der Geburt meiner Tochter mit und beschützte meine Frau. Wange an Wange mit ihr fand er Worte, sie zu beruhigen und ihre Schmerzen zu lindern.

Jetzt badet er die Kleine. Isabelle liegt in seinen Händen, und er wiegt sie im randvollen Becken. Wasser läuft aus dem Wasserhahn. Geschickt nähert Jean-Paul den Schädel des Säuglings dem Wasserstrahl. Er geht taktvoll und vorsichtig vor. Nie zuvor habe ich diesen Mann so gewandt arbeiten sehen. Papa besteht nur noch aus Zärtlichkeit. Ava beugt sich über die beiden und streichelt schweigend seine Schulter. Bloß jetzt nicht stören.

2008

Nur allzu gern wäre Ava dabei gewesen. Aber sie hat eine gute Entschuldigung, nämlich den Flug AF 315 nach Salvador de Bahia mit zweitägigem Aufenthalt. Und so kann Martins Mama nicht am Elternabend teilnehmen, der sehr ungünstig zwischen der Besichtigung von Pelourinho, einem Glas Caipirinha und einem Ausflug nach Morro de São Paolo liegt. Der Kühlschrank ist geradezu gepflastert mit ihren hübschen Postkarten. Rio, Recife, Manaus. Wenn wir zu Hause die Küche betreten, sind wir schon quer durch Brasilien bis hinauf nach Surinam gereist.

Meine Frau und ich haben gerecht geteilt. Ihr gehört die große, weite Welt, ich bin zuständig für die Elternabende.

Ich sitze auf dem Platz meines Sohnes. Vor der großen schwarzen Tafel der ersten Grundschulklasse macht sich ein kleiner Mann zu schaffen. Monsieur Perez erklärt sein Programm. Dabei wiederholt er des Öfteren das Wort »pädagogisch« mit einem beherrschten Lächeln, das einem Lust macht, ihm seine Kinder anzuvertrauen. Das ist auch gut so, denn Martin wird in diesem Jahr mindestens dreißig Wochenstunden mit ihm verbringen. Die anderen Eltern ringsum sind brav. Ein paar Streber schreiben sogar gewissenhaft mit, was der Lehrer erzählt. Ich nehme ein Blatt Papier und lege meinem Sohn, der schon lesen kann, eine Mitteilung in sein Fach:

Wie heißt die Hauptstadt von Brasilien?

PS: Deine Mutter ist die Hauptstadt meines Lebens.

Wenn sie unterwegs ist, müssen wir unseren Tagesablauf organisieren. Das gilt für Elternabende ebenso wie für den Einkauf beim Metzger, die Spaziergänge im Park oder den Zahnarztbesuch. Wenn ich gefragt werde, warum die Mutter der Kinder nicht da ist, sage ich, dass sie im Himmel ist, und lächele.

Die Chefin von Isabelles Kinderkrippe ist eine ehemalige Flugbegleiterin. Natürlich darf ich mich nicht beklagen. Ein oder zwei Mal mitten im Winter habe ich in ihren Augen nach Mitgefühl gesucht. Aber ihr Tower ließ nichts durchblicken. Morgens sitzt Isabelle in ihrem Sportwagen und spielt mit ausgebreiteten Armen Flugzeug.

Krippe, Schule, Agentur, Zuhause. Auch für mich

ist es ein langer Weg. Er endet jeden Abend bei Sonnenuntergang in den Armen der Kinder. Wir drängen uns zusammen wie Flüchtlinge und warten auf Avas Rückkehr. In allen Zimmern hängen Fotos von ihr. Von Ava mit uns. Wir sprechen von den schönen Zeiten und zählen die Stunden bis zu ihrer Heimkehr.

Die Kinder haben ihrer Mutter immer tausend Dinge zu berichten. Aber wenn wir über Skype mit ihr sprechen, erinnern sie sich meist nicht mehr, was sie ihr sagen wollten.

Isabelle und Martin riechen nach Ava. Ich schnuppere an ihnen wie ein Wildschwein und lege mich zu den Kindern ins Bett. Mir ist wichtig, bei ihnen zu bleiben, bis sie eingeschlafen sind. Mir ist wichtig, sie ganz nah bei mir zu fühlen. Wenn Ava fort ist, gehe ich niemals aus. Oscar kommt zum Abendessen. Meine Eltern schauen vorbei, um die Kinder zu begrüßen. Whisky mit Eis. Jean-Paul nimmt immer das Gleiche. Er bleibt lange im Zimmer der Kinder. Mama hingegen will nie etwas trinken.

Nachts versuche ich, Kontakt mit Ava aufzunehmen. Niemals über Skype. Man muss einander nicht sehen, um daran zu glauben. Ich brauche nur ihre Stimme, diesen warmen Klang, auch mal eine SMS und dann und wann ein paar Fotos. Mein Handy liegt immer eingeschaltet neben mir auf dem Kopfkissen, und ich schlafe nie wirklich fest. Die Abende verbringe ich damit, mir Ava vorzustellen. Ich hasse ihre Mailbox. Ich habe es eilig.

2010

Um fünf Uhr morgens kriecht sie ins Bett. Noch halb im Schlaf küsse ich sie.

Sie dreht sich ein paar Mal, ehe sie einschläft. Um sechs Uhr meldet ihr Telefon den Eingang einer SMS. Ich werde wach, sie nicht. Ich beobachte meine jetlaggeschädigte Liebste, die auf der Seite schläft, stelle den Radiowecker und stoße dabei an ihr Telefon, das wie ein Sarkophag auf dem Nachttisch thront.

Wie sollte ich nicht eifersüchtig sein? Ich bin eifersüchtig und besitzergreifend vor der Pracht dieses Vulkans. Wie sollte ich keine Staatsgeheimnisse vermuten? Ich bin es so gewohnt. Mehr als einmal habe ich die Zeitverschiebung verflucht, musste akzeptieren, nicht alles zu wissen, habe Geschmack am Geheimnis gefunden, mich in Vertrauen geübt und Ava ihre Freiheit gegönnt. Ich gebe mir Mühe, doch der verlockende Hinweis in der mir verbleibenden Nacht ist stärker als ich. Ich steige über meine Frau hinweg und greife nach dem Ding auf ihrem Nachttisch. Das Telefon ist mit einem Code gesichert. Ich entsichere es und beginne zu stöbern. Wer sucht, der findet. Mein Herz verknotet sich. Beschämt lese ich die drei Zeilen.

Ihr Provider begrüßt sie mit drei Stunden Verspätung auf heimatlichem Boden und fordert sie auf, die Parameter ihres Smartphones wieder zu aktivieren. Von wegen in flagranti erwischt.

Es ist mir peinlich, so weit zu sinken und sich vor dem verdorbenen Berg des Misstrauens wiederzufinden. Aber seit unseren Anfängen habe ich ein merkwürdiges Gefühl im Bauch. Es ist stärker als ich und als unsere Geschichte. Immer erwarte ich das Schlimmste. Hundertsiebenundzwanzig Passagiere, fünf Flugbegleiter, ein Blitz. Der Verlust ist groß, Ava wird vermisst. Begegnungen bei Zwischenlandungen, ihre weiche Haut im Sand, die Lust, allem zu entrinnen.

Und dann Martin, Isabelle und ich, die ihr unter dem düsteren Novemberhimmel wie Ballast am Hals hängen.

2015

Märzsonne am Dezemberhimmel. Temperatur unter null, aber das Herz ist warm. In meinen Adern kündigt sich der Frühling an. Zum ersten Mal, seit ich ins Leben zurückkehre, bemerke ich Charlie.

Charlie ist siebenundzwanzig und ein paar Gequetschte, hat Haselnussaugen in einem goldenen Gesicht, schwarzes Haar, einen schmalen Hals und einen langen Oberkörper. Sie steckt in einer engen schwarzen Jeans, trinkt Kaffee und nimmt Anrufe entgegen. Charlie trägt flache Schuhe. Ihre Ballerinas sind so blau wie der Hochsommerhimmel über der Amalfi-Küste. Charlie ist eine wunderbare Assistentin.

Wenn Hubert ins Büro schneit, der für die Vermietungen verantwortlich ist, ist Charlie dafür zuständig, die Akten in Ordnung zu bringen. Wenn jemand in der Agentur anruft, geht immer sie ans Telefon und antwortet mit ihrer leicht rauen Stimme. Von Zeit zu Zeit schickt Hubert sie los, um Schlüssel bei unfreundlichen Hausmeistern abzuholen, oder brummt ihr Besichtigungen in abgelegenen Randgebieten auf. Charlie ist seiner Willkür ausgeliefert, spricht wenig und kann nicht Nein sagen.

An diesem Morgen geht eine gewisse Heiterkeit von ihr aus. Sie scheint über den Aktenordnern zu schweben und summt vor sich hin. Sie hebt den Kopf und lächelt mich strahlend an. Ich sehe ihre regelmäßigen, weißen, gesunden Zähne, die in einem wunderbar rosa Zahnfleisch aufgereiht sind. Ich schlage ihr vor, mich zu begleiten. Ganz in der Nähe habe ich eine Wohnung ausfindig gemacht, die angeblich verkauft werden soll. Wir wollen da sein, ehe die Jagd beginnt. Es wäre traumhaft, als Erste an Ort und Stelle zu sein. In ihrem Smart ist es eng. Es riecht nach jungem Mädchen und Vanille. Mädchen, die sich mit Vanille parfümieren, wollen sich etwas beweisen.

Sie parkt in der zweiten Reihe. Auf dem Weg über die Straße schenkt sie mir einen Tanzschritt. Er ist ganz leicht und fast unsichtbar, aber ich bemerke den Entrechat auf dem Asphalt, zwischen den weißen Bändern des Zebrastreifens. Wir quetschen uns in den Aufzug. Die drei Stockwerke schüchtern mich ein. Ich bin es nicht mehr gewohnt, dem Körper einer anderen Frau so nah zu sein. Bei Besichtigungen benutze ich immer die Treppe.

Ich zähle bis zwei. Zwei Jahre. Ich denke an meine letzte Liebesnacht. Ava schläft noch. Ihr schöner Hals schaut unter der Decke hervor. Immer noch schlummert sie, zusammengerollt wie ein Hündchen. Es ist ein Morgen im November, ein düsterer Morgen, der noch in der Nacht versinkt. Der Lärm der Zitruspresse weckt sie nicht auf, das Geräusch des Kaffeeautomaten ebenso wenig. Seit sechzehn Jahren bringe ich ihr mit der Zuverlässigkeit eines Schweizer Gardisten ihr Frühstück. Mir ist nicht klar, dass es das letzte Mal sein wird. Das letzte Mal, dass wir uns lieben, das letzte Mal, dass sie sich mir noch fast im Halbschlaf hingibt. Ich weiß noch nicht, dass sich danach alles für immer verändern wird. Solche Einzelheiten erkennt man nicht.

Charlie ist wie eine Wallfahrt. Sie befreit.

Sie klingelt. Der Besitzer öffnet. Er weiß noch nicht, ob er verkaufen will, aber er bittet uns hinein.

Nach einer halben Stunde verlassen wir die Drei-Zimmer-Wohnung zu dreihundertzwanzigtausend Euro mit einem Grundriss.

»Wir werden sie zu dreihundertvierzigtausend anbieten und dann weitersehen.«

»Einverstanden, Monsieur …?«

»Paul Petronitz. Hier ist meine Karte.«

Wir setzen uns in ein Café. Ich habe Lust auf eine Zigarette. Charlie steht auf und begleitet mich nach draußen. Ich weiß nicht mehr, wie man mit einer Frau redet. Sie bemerkt es. Sie hat noch nie geraucht. Ich entschuldige mich für meine Rauchwolken und verberge die Zigarette in der hohlen Hand. Sie hüpft ein wenig auf der Stelle, weil es so kalt ist. Früher hätte ich sie vielleicht lachend in die Arme genommen, um sie zu wärmen. Oder ich hätte ihr in aller Freundschaft die Hand auf den Rücken gelegt. Früher hätte ich vielleicht auch etwas mehr gewagt. Früher. Wer weiß? Vielleicht hätten wir den Termin mit einem leidenschaftlichen Kuss in ihrem Klein-Mädchen-Auto beendet. Als sie ihre Hand auf meinen Arm legt, habe ich schreckliche Angst, sie könne mir gefallen.

»Geh schon einmal vor. Ich muss noch kurz etwas einkaufen.«

»Was denn einkaufen?«

»Mein bester Freund heiratet am Samstag.«

»Zwei Tage vor Weihnachten?«

»Er macht niemals etwas so wie andere Leute.«

2015

Oscar ist auf der Mailbox meines Handys. Mit zwanzig Minuten Verspätung, was ihm gar nicht ähnlich sieht. Ich entschließe mich, den Laden ohne ihn zu betreten. Eisige Stimmung. Angst zu stören. Unbekanntes Terrain. Ich hasse Boutiquen, Klamotten, Spiegel und den ganzen Kram.

Ein Ständchen vor dem Spiegel. Richard, der Verkäufer, erspart mir nichts. Wenn mein Gezwitscher zu meinem Federkleid passt, bin ich die Taube unter den Kunden seiner hochklassigen Boutique. Richard ist groß, hat gute Manieren und pflegt den Geist der Konversation. Will ich ihm glauben, steht mir alles ganz wunderbar, vor allen Dingen aber dieser taillierte, dunkelblaue Anzug zu siebenhundertfünfzig Euro aus außergewöhnlich feiner italienischer Wolle, der mir im Grunde herzlich egal ist.

»Vielleicht müssen wir an den Ärmeln noch ein

winziges Stück abnehmen. Sie sind ein wenig zu lang.«

Richard wagt nicht, mir zu sagen, dass ich zu kurze Arme habe. Ich schleiche um den Spiegel, traue mich aber nicht, hineinzuschauen. Scheeler Blick, hohle Wangen, hängende Lider, große Ohren. An den Schultern fülle ich das Jackett nicht aus, dafür ist es vorne wegen meines Bauchansatzes ein wenig eng.

Ich habe das Gefühl, von einem legasthenischen Mechaniker falsch zusammengesetzt worden zu sein. In Wahrheit ist es so, dass ich mich während der vergangenen Monate – na ja, genau genommen seit zwei Jahren – habe gehen lassen.

In der Hose habe ich einen dicken Hintern. Ich gebe auf. Es ist nur wieder einmal eine weitere Breitseite, die ich hinnehmen muss. Ich kapituliere, ziehe mich aus und verzichte darauf, näher auf den Saum einzugehen. Ich gönne mir nicht alle Tage einen sündhaft teuren Anzug. Das letzte Mal anlässlich meiner Hochzeit. Es war ein dunkler, schlichter, aber weicher Anzug von einem italienischen Schneider. Das Jackett wurde mit zwei Knöpfen geschlossen und war hinten geschlitzt. Ava begleitete mich; sie hatte die Adresse entdeckt. Sie wollte unbedingt bei mir bleiben, weil sie mich nicht ganz zu Unrecht verdächtigte, einen eher seltsamen Geschmack zu haben.

Für meinen Anzug brachte sie mehr Zeit auf als

für ihr Kleid. Langsam streifte sie durch den Laden wie eine Löwin durch ihren Käfig. Ihr Charme lockte zwei Verkäufer an, die sie jedoch mit einem Blick wieder wegschickte. Schließlich kam die Chefin. Ich hielt mich dezent im Hintergrund und mischte mich weder in ihr Gespräch noch in ihre Auswahl ein. Mit einem Kopfnicken und einem »Gute Wahl« in Richtung meiner künftigen Ehefrau stimmte ich zu.

Als sie an unserem großen Tag in der Kirche erschien, verstummte sogar der Pfarrer. Sie trat aus dem Schatten der Tür, und das durch die Kirchenfenster gefilterte Licht verzauberte ihre Haut mit einem wundervollen Schein.

»Für welchen Anlass soll der Anzug sein?«

»Für eine Hochzeit.«

»Ihre eigene Hochzeit?«

»Richard, Sie sind indiskret.«

»Entschuldigen Sie, es geht mir nur darum, Ihnen besser helfen zu können.«

»Die Hochzeit meines besten Freundes.«

»Gut. Ist es eine Hochzeit im klassischen oder eher modernen Stil?«

»Eine Schwulenhochzeit im Stil von Heteros. Der Vater hält eine Rede, und vielleicht kommt sogar die Mutter.«

»Dann also eher modern.«

»Will heißen?«

»Sie brauchen eine perfekte Krawatte. Mit Muster oder ohne?«

»Wählen Sie eine aus, Richard.«

November 2013

Eine Computerpanne kann ein Leben verändern. Als ich bei meinen Eltern ankomme, um die Kinder abzuholen, öffnet mir meine Mutter sichtlich genervt. Martin hat den Computer seines Großvaters kaputtgemacht. Der Rechner reagiert nicht mehr, der Bildschirm bleibt schwarz. Meine Mutter bittet mich inständig, das Ding so schnell wie möglich zu reparieren, weil:

»Beim Computer versteht dein Vater keinen Spaß.«

Jean-Paul hat bereits angerufen. Er ist unterwegs und wird bald da sein. Bei seiner Ankunft muss alles wieder funktionieren.

Der PC steht antriebslos unter einem Ficus aus Plastik. Das staubige Dekostück hat Jean-Paul zum fünfzigsten Geburtstag von seiner Schwester geschenkt bekommen. Die Diagnose des Computerfehlers ist einfach. Martin wollte für seine Schwester eine DVD einlegen, die jedoch beschädigt war und die Kiste blockiert hat.

»Wie oft habe ich dir gesagt, dass du das zerkratzte Teil nicht mehr benutzen sollst? Außerdem ist die Geschichte ziemlich blöd.«

»Hör auf zu schimpfen, Paul.«

»Ist doch nur Spaß, Mama. Brüh mir einen Tee auf, ich bringe das Gerät wieder zum Laufen.«

2015

Oscar bombardiert mich mit SMS. Wie mein Anzug aussehe? Es tue ihm unendlich leid, dass er beim Einkauf nicht dabei sein und mir die Hand halten konnte. Eine Steuerprüfung bei einem seiner Kunden habe ihn gezwungen, unsere Verabredung platzen zu lassen. Mein Beinahe-Bruder musste sich zwischen seinem Klienten und meiner Stilunsicherheit entscheiden.

Ich ziehe mein weißes Hemd und den neuen Anzug an, verbringe viel Zeit damit, meine Krawatte irgendwie anständig zu binden, stelle mich mit meinem Telefon ans Fenster, unterdrücke das automatische Blitzlicht, um Gegenlicht zu vermeiden, mache ein Selfie und schicke es ab.

Sekunden später kommt die lapidare Antwort: *Echt schick.*

Auf das unerwartete Kompliment antworte ich

umgehend, ohne das Display zu überprüfen, mit einem:

Danke, altes Haus.

Einige Minuten später vibriert der Apparat erneut.

Ich bin kein altes Haus. Hier ist Charlie.

Wie konnte ich die beiden verwechseln? Zwischen dem O für Oscar und dem C für Charlie liegen auch in meinem Telefonbuch ganze Welten. Die Nummer der neuen Assistentin in unserer Agentur ist vor drei Tagen mehr zufällig auf meinem Smartphone gelandet. Ich stand hilflos vor dem elektronischen Türschloss eines Gebäudes aus den Dreißigerjahren des vergangenen Jahrhunderts. Hubert schickte mir Charlies Daten, damit sie mir den Zahlencode durchgeben konnte. Als ich gerade auf *Speichern* drücken wollte, ging die Tür endlich auf. In der Eile verschwand der Name vom Display, und als ich ihn im Treppenhaus erneut eingab, tippte ich versehentlich ein O und verwandelte *Charlie* in *Olie*. Die Erklärung ist zwar ein wenig knifflig, ist aber korrekt.

Oscar bellt in sein Telefon.

»Mensch, das ist doch eine traumhafte Gelegenheit, sie zum Essen einzuladen, du Blödmann.«

»Falle ich da nicht ein bisschen mit der Tür ins Haus?«

Oscar macht mir Vorwürfe. Er sagt, ich sei ein ziemlich verdrehter Hetero.

Mein Beinahe-Bruder lässt nicht locker, meine Wiedereingliederung beginnt an diesem Abend. Er fleht mich an, den Ball im Flug aufzufangen und Charlie zu bitten, auf ein Spiel bei mir zu Hause vorbeizukommen. Schon morgen hätte sich mein Schicksal ein wenig verändert.

Morgen würde ich aufhören, über den Unfall nachzugrübeln, morgen würde ich Ava zwar noch nicht ganz vergessen haben, aber mich wieder aufgerappelt haben, was auch schon nicht zu verachten wäre. Nur bin ich leider nicht in der Lage, Mademoiselle Olies Nummer zu wählen, ganz zu schweigen davon, Charlie einzuladen.

»Hör zu, du kannst bei dieser Wette, wenn du magst, durchaus gegen die Reihenfolge setzen. Nimm dir die Freiheit, zuerst ins Bett zu gehen und anschließend zu Tisch, wenn dir das hilft. Aber schlaf endlich wieder mit einer Frau, verdammt noch mal!«

»Oscar, es geht nicht. Unmöglich.«

»Gut, dann nimm dir einen Kerl zur Brust. Das ist heutzutage in.«

»Diese Art von Vergnügen ist für mich vorbei.«

»Paul, ich kann dir nicht dein Leben lang das Patschhändchen halten. In drei Tagen heirate ich. Benutze jetzt endlich dieses verdammte Telefon. Damit machst du mir das schönste Hochzeitsgeschenk.«

November 2013

Die Tasse zerbirst auf dem Boden in tausend Splitter, der Tee spritzt in einem Umkreis von drei Metern im Zimmer herum. Meine Mutter schiebt die Kinder nach draußen und mahnt sie, keinesfalls barfuß zu laufen, weil überall gefährlich spitze Porzellansplitter herumliegen. Martin und Isabelle versuchen gar nicht erst zu verstehen, sondern gehen ins Schlafzimmer ihrer Großeltern, wo sie ihren Zeichentrickfilm weiterschauen. Mama mault auf der Suche nach Wischlappen, Handfeger und Kehrblech in der Küche herum, weil die Putzfrau die Sachen irgendwo zwischen dem Geschirrspüler und dem Schränkchen mit den Putzmitteln versteckt hat. Ich bin so verblüfft über das, was ich auf dem reanimierten väterlichen Bildschirm lese, dass ich kaum spüre, wie mir das kochend heiße Wasser den Oberschenkel verbrennt.

Ich schwöre, dass ich nicht herumgeschnüffelt habe. Die Nachricht tauchte in dem Augenblick auf, als der Computer wieder zum Leben erwachte. Gleich danach kam eine zweite, dann noch eine und eine weitere, die zusammengenommen ein glühendes, rührseliges Kaleidoskop bildeten. Zum Gewicht des Begehrens gesellte sich die Macht einer Liebe. Keine langen Reden. Ein paar Sätze nur. Worte, die in einem anderen Kontext keine Bedeutung gehabt hätten und sogar witzig gewesen wären, wenn man meine Mutter ein wenig kannte, aber unangebracht angesichts der Realität ihrer fünfunddreißig gemeinsamen Jahre, zu denen solche E-Mails nicht passten. Mag sein, dass mein Vater seine Frau im stillen Kämmerlein mit seltsamen Spitznamen bezeichnet, aber ich kann mir kaum vorstellen, dass sie von »Reich mir mal das Wasser, Bär« zu »Ich will deinen Schwanz in meinem Mund spüren, ich bin schon ganz feucht« wechseln. Nein, die beiden waren es sicher nicht, die sich als Nicknames die Namen der beiden Helden von David Lynch ausgedacht haben: Sailor und Lula.

Die Topografie eines verborgenen Landes zeichnet sich ab. Die erste Nachricht stammt aus dem Jahr 2005. Die kurze Mitteilung, die mich geradezu anspringt, ist schlimmer als alle unanständigen Worte. In einer schnörkellosen Mischsprache teilt Lula Sailor mit, dass sie schwanger ist.

Was hat diese ganze Geschichte auf dem Computer meines Vaters zu suchen? Warum nimmt er das Risiko auf sich, alles auf dem Familienrechner zu speichern?

Wer bist du, Lula?

Jean-Paul ist nicht die Goldene Palme.

Papa ist überhaupt alles andere als ein Bad Boy.

Jean-Paul sieht in einem dunkelblauen Blazer perfekt aus, eine Pythonjacke wie Nicholas Cage hat er bestimmt nie getragen. Bestenfalls hat er schon einmal am Steuer eines Cadillac gesessen. Und eines ist ganz sicher: Der Kuchenopa hat nie im Leben »Love me tender« gesungen, noch nicht einmal unter der Dusche.

Mein Vater hasst Elvis Presley. Er würde auch niemals für eine Frau töten, sondern ist eher der Typ, der seine Frau nach und nach zerstört, obwohl er sie noch immer in den Armen hält. Auch wenn es nicht immer den Anschein hat, ist er das genaue Gegenteil seines Pseudo-Shakespeare-Helden, ein Gegensatz zu diesem harten, von wilder Leidenschaft zerfressenen Mann.

Unter seinem Erscheinungsbild eines alternden Schönlings ist Jean-Paul einer, der innerlich aufbegehrt. Ein düsterer und einsamer Mensch.

»Hör endlich auf, dich über diese Sache aufzuregen. Du bist doch ein erwachsener Mann. Warum hältst du dich mit Banalitäten auf? Dein Vater hat eine Geliebte, na und? Daran solltest du inzwischen gewöhnt sein, mein lieber Paulo.«

Oscar ist unschlagbar, wenn es darum geht, Trost zu spenden. Wahrscheinlich habe ich irgendwo auf dieser Welt eine kleine Schwester oder einen kleinen Bruder, vielleicht sogar eine ganze Schar halber Portionen, die »Papa« zu meinem Erzeuger sagen, wenn er sie abends besucht. Meiner Mutter hat er geradezu ein Elchgeweih aufgesetzt. Jetzt allerdings sind es keine Hörner mehr, sondern Antennen. Sie muss etwas ahnen, oder, besser noch, Bescheid wissen.

2015

Ein Auge offen, das andere halb geschlossen. Wir wenden einander den Rücken zu. Sie rührt sich nicht. Licht sickert durch den Vorhang. Ich muss eine Entscheidung treffen. Geschicklichkeit ist angesagt. Ich will sie nicht aufwecken. Ich muss meine fünf Sinne zusammennehmen und die Situation analysieren.

Nach ihrer letzten SMS zur angeblichen Eleganz meines teuren Anzugs und den Ermutigungen durch meinen Beinahe-Bruder habe ich die Einladung tatsächlich ausgesprochen.

Da sich gerade die Gelegenheit bietet: Wie wäre es mit einem kleinen Snack unter Freunden?

Ich ging davon aus, dass sie angesichts des nicht gerade höflichen Tenors meiner Nachricht die Einladung höflich ablehnen würde.

Aber da kannte ich Charlie und ihre fast kindliche Spontaneität schlecht.

Tolle Idee!

»Paul, wenn du dich in einem Restaurant verschanzt, hast du nicht unbedingt ausreichend Handlungsfreiheit, um sie auf ein letztes Glas bei dir einzuladen. Erspare dir lieber die Enge eines vollbesetzten Lokals. Denk an deine Platzangst und deine Paranoia. Versuche es lieber mit der Abkürzung und lade sie direkt zu dir nach Hause ein. Und übrigens: Versteck deine Pillen besser im Medizinschrank.«

»Zu mir?«

»Ja, du Trauerkloß, zu dir. Aber denke daran, deine Junggesellenbude vorher zu lüften.«

Ein wenig verschämt tippte ich die nächste Nachricht:

Wir könnten bei mir zu Hause essen. Mein Kühlschrank ist voll, und ich habe keine Lust auszugehen.

Oscar drängte mich, die SMS abzuschicken, die wie geplant auf Charlies Handy landete. Charlie antwortete sofort:

Abgemacht!!! Mit drei Ausrufezeichen. Ich fand diese drei Ausrufezeichen nicht gerade toll und dachte, dass Ava niemals drei Ausrufezeichen gemacht hätte. Aber dann verscheuchte ich den Gedanken, irrte durch die Wohnung und hörte Billie Holiday.

Ich brauchte mehr als eine Stunde, um mich vorzubereiten. Als ich vor dem beschlagenen Spiegel stand, hatte ich große Mühe, mich vom Sinn des weißen Hemdes zu überzeugen. Aber schließlich siegte es doch über das schreckliche Streifenhemd, das mindestens so alt war, wie ich mich fühlte.

Mit der breiten Bürste meiner Kinder kämmte ich mein Haar nach hinten. Auf meinem Kopf entstand so eine Art Waffelmuster, das ein wenig an Bart Simpson erinnerte. Zwar war ich schlecht gekleidet und fühlte mich ein wenig linkisch, aber ich hatte wieder den Fuß in den Steigbügel der Verführung gesetzt.

Kaum hatte Charlie meine Wohnung betreten, ließ sie sich ganz selbstverständlich auf meiner Couch nieder und eröffnete die Partie mit ihren Guerlain-Lippen. Von Anfang an war sie es, die die Kommandos gab. Ich gehorchte ihren Befehlen und fügte mich ihrem Reglement. Ein Glas Pouilly-Fumé, drei oder vier Kirschtomaten. Das war alles. Sie schob mir den Aschenbecher hin. Ich zündete mir drei Zigaretten an. Wir hatten es nicht eilig, uns an den Tisch zu setzen.

Zu Beginn war ich wirklich ratlos. Ich befürchtete, mich nicht mehr richtig zu erinnern, nachdem ich die animalischen Riten aus meinem Loser-Hirn gelöscht hatte. Abgesehen von Oscar und meiner Putzfrau hatte seit zwei Jahren niemand einen Fuß in mein Allerheiligstes gesetzt. Meine Wohnung war mein Rückzugsort vor der Katastrophe gewesen. Mein ureigenes Territorium. Ich fühlte mich wie ein Wilder,

der staunend zusieht, wie die Konquistadoren sein Land erobern.

Charlie wusste genau, wie man sich heutzutage begegnet. Ihre Kleidung verriet, dass sie den Code eines ersten Rendezvous nicht nur beherrschte, sondern vielleicht sogar Übung darin hatte. Sie trug eine Smokingweste über einem Satintop, das ein wenig zu groß war. Darunter zeichneten sich ihre festen Brüste vorwitzig ab. Die flachen Schuhe hatte sie gegen High Heels getauscht, deren feine Riemchen sich hübsch um ihre Knöchel schlängelten.

Wir haben uns dann doch nicht mehr an den Tisch gesetzt. Charlie zog es vor, gemütlich auf der Couch zu picknicken. Ihre langen Beine faltete sie dabei unter ihren knackigen Po.

Der Vorzug gesprächiger Mädchen ist, dass sie viele Geschichten zu erzählen haben. Charlie liebt das Leben jenseits des alltäglichen Einerleis. Ich trank viel, um mutiger zu werden. Und so feierte auch der Wein sein Comeback. Lange Zeit vertrug sich der Alkohol nicht mit meinen Medikamenten. Zumindest nicht offiziell.

Vorgestern noch konnte ich meine Freunde an meinen zehn Fingern abzählen: Oscar, Trevilor, Lexotanil, Dormalon, Rivotril, Valium, Tafil. Heiliger Cipramil, 20 mg, zwanzig Filmtabletten, bitte für mich.

Charlie wartete eine kurze Unaufmerksamkeit

meinerseits ab, um anzugreifen. Ich bückte mich gerade, um ihren Teller abzuräumen, als sie mich an sich zog. Die Bewegung brachte mich aus dem Gleichgewicht, und ich traf auf Charlies bereitwillig geöffnete Lippen.

Sie reckt die Arme, erreicht aber das Kopfende meines Bettes nicht und rollt sich zurück unter meine Decke. Dann öffnet sie ein Auge. Zunächst unterscheidet sie wahrscheinlich nur Hell und Dunkel. Nach und nach erscheint dann alles klarer. Formen werden sichtbar. Ihr wird klar: Sie ist in meinem Bett eingeschlafen. Und als sie jetzt aufwacht, ist sie völlig nackt.

Sie bemerkt, dass ich sie anschaue. Hastig greift sie zum Kopfkissen, um ihr Gesicht zu verbergen.

Möglichst natürlich und selbstbewusst erkundige ich mich, ob sie lieber Tee oder Kaffee möchte, ob sie eher der Butterbrot- oder der Toasttyp ist und ob sie Honig oder Marmelade bevorzugt. Mein gesamter Körper spannt sich an, entspannt sich dann aber wieder. Ich muss zugeben, dass ich mich trotz einer erschreckenden Mischung aus Scham, Gedächtnisschwund und einer Menge Fragen wirklich gut fühle.

Ich weigere mich, den Grund zu begreifen, warum Charlie in meinem Bett gelandet ist. Ich will auch nicht wissen, ob wir miteinander geschlafen haben und ob wir Orgasmen hatten, ehe wir uns wirklich kennenlernten. Auch nicht, ob Avas Gesicht über unseren verschlungenen Körpern schwebte und ob ich mich unter dem Schatten von Jean-Paul mit Gottes Segen, dem Zutun des Teufels oder der Lust von Engeln hingab.

Charlie späht zwischen dem Kopfkissen und der Decke hindurch wie aus einem Mauseloch.

Ich bewege mich in der Deckung meines Tabletts auf sie zu.

9 Uhr 42. Die offizielle Uhrzeit meiner Wiederauferstehung.

November 2013

Martin hat seine Spielkonsole nicht abgeschaltet, sondern sein FIFA-Spiel nur unterbrochen, um hastig mit seiner Schwester zu Abend zu essen.

Ava hat die Koffer der Kinder gepackt. Genug für zwei Wochen, in der Hoffnung, dass sich bis dahin alles wieder beruhigt. Das Gepäck stapelt sich im Flur, als ich nach Hause komme. Weil es jetzt im November schon recht kalt ist, hängen Jacken an der Garderobe bereit. Meine Familie ist im Aufbruch. In unserem Schlafzimmer packt Ava gerade ihre eigene Tasche. Mein Vater streift unruhig wie ein gefangener Löwe in der Küche herum.

Ich habe Ava per SMS mitgeteilt, dass meine letzte Besichtigung länger dauern würde. Das Paar hat sich verspätet, aber eigentlich ist längst alles in trockenen Tüchern. Ich warte nur noch auf die Unterschrift unter den Vertrag.

Seit sechzehn Jahren ärgert Ava sich, wenn ich klingele. Wieder einmal habe ich meine Schlüssel vergessen. Ob ich sie etwa für das Dienstmädchen halte? Das trifft natürlich nicht zu, aber sie lässt sich davon nicht abbringen. Sie findet, dass meine Vergesslichkeit ein Zeichen für mein Desinteresse ist.

In solchen Fällen kommt sie sofort zur Sache und beschuldigt mich, mich aufzuführen wie ein drittes Kind. Jedem, der es hören will, stellt sie mich als ihren großen Halbstarken vor. Es ist eine List. Ein Code. Die Herabwürdigung dient dazu, meine Fähigkeiten infrage zu stellen. Man soll den Vater suchen und sich Gedanken über den Kerl machen, der Ava nachts umarmt. Seit sechzehn Jahren erklärt Ava mir, dass sie einen zuverlässigen Mann möchte. Ein zuverlässiger Mann jedoch vergisst seine Schlüssel nicht. Immer wieder hat sie mich mit dieser Theorie konfrontiert. Ein zuverlässiger Mann klingelt nicht an der Haustür, wenn man gerade mit etwas anderem beschäftigt ist.

Ein zuverlässiger Mann schleicht sich heimlich in ein fremdes Leben.

Ein zuverlässiger Mann weiß, wie man sich unbemerkt auf sicherem Boden vorwärtsbewegt.

Als sich nach sekundenlangem Warten die Haustür endlich öffnet, denke ich an die Litanei, die mich drei Etagen weiter oben erwartet. Ich glaube, ich liebe diese Momente noch immer. Ja, ich muss gestehen, dass ich auch nach so vielen Jahren diese immer wiederkehrende, manchmal recht harte Kritik liebe. Das Bewusstsein, mir mit achtundneunzigprozentiger Gewissheit das Leben wegen eines vergessenen Schlüssels zur Hölle machen zu lassen, gefällt mir. Umso mehr, als Avas Vorwürfe ausgesprochen sinnlich sein können.

Nach vierzehn Jahren ist unsere Wohnung zu einem wahren Tohuwabohu verkommen. Die Wände sind nicht nur dunkler geworden, man hat auch den Eindruck, dass sie sich zusammengefaltet haben wie ein Akkordeon. Familienwohnungen haben die Eigenschaft, mit der Zeit kleiner zu werden, vor allem, wenn die Kinder wachsen. Nichts funktioniert mehr richtig, man kann den Dreck nicht mehr unter den Teppich kehren. Trotzdem habe ich nicht vor, den Vertrag zu kündigen, sondern plane weiter für die Zukunft. Der Beweis: Ich habe neue Regale im Wohnzimmer aufgestellt, ein großes Bett für Isabelle gekauft und ihre Wiege endlich in den Keller verfrachtet. Ich habe Ava sogar vorgeschlagen, in den Osterferien in die Toskana zu fahren.

»Toskana? *Va bene*«, antwortete sie.

Aber dieser Abend ist nicht wie die anderen. An diesem Abend öffnet Jean-Paul die Tür, und Ava schreit mich nicht an.

Der Anzug meines Vaters sitzt wie angegossen. Schon immer hielt ich Jean-Paul ungeachtet seiner Schwächen für ausgesprochen elegant. Sein Duft hängt noch im Treppenhaus.

2015

Charlie erklärt, meinem Rührei fehle Salz. Für sie ist das eindeutig eine Sünde. Sie steigt splitterfasernackt aus meinem Bett, zieht sich das Jackett meines neuen Anzugs über und wirft einen Blick aus dem Fenster. Dabei wickelt sie sich in den Vorhang ein. Dann dreht sie sich um, legt einen Finger auf die Lippen und tippelt auf Zehenspitzen in die Küche. Zwei Minuten später erscheint sie wieder mit zwei großen Gläsern Wasser und einigen Zitronenscheiben. Sie kuschelt sich unter die Decke, schmiegt sich an mich und greift nach ihrem Handy auf dem Nachttisch. Erneut legt sie den Finger auf die Lippen, wählt die Nummer der Agentur und hinterlässt eine Nachricht auf Huberts Anrufbeantworter. Das Haar fällt ihr auf die Schultern.

»Guten Morgen, Hubert, hier ist Charlie. Paul hat mich gerade informiert, dass er heute Morgen nicht ins Büro kommt. Außerdem hat er mich gebeten, ihn zu dem Besichtigungstermin in der Zwei-Zimmer-Wohnung von Monsieur Coultrait zu begleiten. Am späten Vormittag sind wir voraussichtlich zurück. Bis später.«

Stolz auf ihren Einfall legt sie auf, kratzt sich den Nacken, stellt das Frühstückstablett vorsichtig ans Fußende des Bettes und zieht an der Decke. Sie verkriecht sich ganz und gar darunter. Ihr Gesicht ist auf Höhe meines Nabels. Draußen stürmt es. Der Wind rüttelt an den Fensterläden und faucht durch den Kamin. Dieses Mädchen ist wie vorzeitiges Weihnachten. Unter der Dusche singt sie »It's now or never« von Elvis Presley. Ein gutes Zeichen. Sie gehört zu denen, die keine Fragen stellen und die mit beiden Beinen fest in der Gegenwart stehen. Sie dreht sich nicht um und hat ihre Rückspiegel zerbrochen. Schaum perlt über ihren Puppenkörper. Ich entdecke ein winziges Tattoo an ihrem linken Knöchel. Ein Mond. Ein kleiner, leuchtender Mond. Ein reizendes Detail. Reizend und irgendwie ziemlich idiotisch. Das Tattoo steht ihr wunderbar. Mein Morgenmantel ist ihr viel zu groß. Dieses Frotteeteil, in dem ich zwei Jahre damit verbracht habe, mein Herz zu begraben, trocknet ihre Haut innerhalb weniger Sekunden.

Mit verschränkten Armen versucht sie, sich aufzuwärmen. Ich verstehe ihren Appell sofort und umgebe sie mit meiner Zärtlichkeit. Zärtlichkeit ist wie Fahrradfahren, man vergisst sie nie. Als ich sie berühre, fangen meine Verbindungen wieder an zu funktionieren, meine Schaltkreise beleben sich einer nach dem anderen, und der Motor beginnt erneut zu schnurren. Statt einer Reise fürs Leben eine lustige Spritztour.

Charlie ist meine Wiedereingliederung. Ein Mädchen, das es nicht auf Rezept gibt. Ihre Wirkung ist besser als die eines jeden Schmerzmittels, und ich beschließe, sie mir sowohl als Pflaster als auch intravenös zu genehmigen.

Sie zieht sich an und bittet mich um einen Pullover. Draußen ist es kalt, die Bäume sind bereift, in der Nacht ist Schnee gefallen. Sie versinkt in einem zu großen Rollkragenpulli, hüllt sich in einen Schal, drückt sich einen Hut aufs Haar und nimmt ihren Mantel vom Haken.

Ich liege immer noch unter der warmen Decke. Ich will nicht, dass sie geht, und wage es, ihr die Frage zu stellen.

»Klar gehe ich. Und du kommst mit. Mach voran, uns bleibt nicht mehr viel Zeit!«

Auf der Straße greift sie nach meinem Arm. Ich schrecke zurück und erstarre, aber sie versucht es beharrlich immer wieder aufs Neue. Für Charlie ist es nach dieser improvisierten Liebesnacht das Natürlichste auf der Welt, untergehakt zu gehen; sie fügt sich so dem weitest verbreiteten postkoitalen Gesetz des Universums. Wäre Oscar jetzt hier, würde er mir befehlen, mich zu öffnen, so aber presse ich die Ellbogen fest an den Körper. Ich bin noch nicht bereit für eine solche Zurschaustellung. Ebenso wenig bereit bin ich für Gefühlsäußerungen in der Öffentlichkeit. Ständig habe ich den Eindruck, beobachtet zu werden. Von Ava beobachtet zu werden. Dauernd befürchte ich, an der nächsten Kreuzung auf sie zu treffen. Was würde sie wohl von mir denken, wenn sie mich in enger, trauter Eintracht mit einer anderen sähe? Was hätten wir uns nach zwei Jahren noch zu sagen?

Bis heute beschränken sich unsere seltenen Kontakte auf Isabelle und Martin. Ich erkundige mich bei meiner unsichtbaren Frau regelmäßig per SMS nach Neuigkeiten von den Kindern. Moderne Technik ist eine tolle Sache, wenn man weder die Kraft noch den Mut hat, sich persönlich zu begegnen. Meine Kinder fehlen mir. Schlechte Väter finden immer die besten Abkürzungen.

Ich schäme mich meiner Grübeleien, ich schäme mich meiner Schwäche, und ich schäme mich, dass ich noch immer nicht in der Lage bin, sie auf den Tod zu hassen.

Während wir durch den feuchten Schnee stapfen,

beschließe ich schließlich doch, mir Charlie um die Taille zu schlingen und den Ballast der Erinnerungen abzuwerfen. Ich hänge Charlie an meinen Gürtel wie einen Colt, klammere mich mitten auf der Straße an ihre Lippen und küsse sie vor sämtlichen Passanten. Sie flüstert mir ins Ohr, dass wir nicht mehr weit entfernt sind. Der Laden ist voller Menschen. Charlie fragt einen Verkäufer. Sie findet den Weg zu den Weihnachtsdekorationen, eine Rolltreppe höher und dann links. Sie stopft eine ganze Tasche mit bunten Kugeln und Lichtergirlanden voll, packt eine Dose weiße Sprühfarbe dazu, bezahlt bar und zieht mich zum Ausgang.

Eine wahrhaft kindliche Laune. Sie breitet ihren Schatz auf dem Tisch aus, sortiert alles nach Farben und geht zum Angriff über. Vierhändig dekorieren wir die Fichte. Mit der Sprühdose sprüht sie einen weiteren Christbaum auf die Fensterscheibe. Die Zeichnung liegt genau in der Achse des grünen Baumes. Dann steckt sie den Stecker in die Steckdose. Ich lösche das Licht, woraufhin der Baum in Blau, Rot und Grün erstrahlt. Doch Charlie ist noch nicht ganz zufrieden mit ihrem Werk. Sie öffnet die Fenster, schließt die Läden und taucht uns in tiefste Dunkelheit. Die Lichter illuminieren die Sprühdosenzeichnung auf der Fensterscheibe. Das Trompe-l'Œuil funktioniert fantastisch. Erneut schmiegt sie sich an mich. Ich fühle mich nicht mehr beobachtet. Ich fühle mich toll.

Ich liebe dich seit Langem, aber eines Tages werde ich dich vergessen.

November 2013

Er steht vor mir wie ein hundertjähriger Baum. Sein weißes Haar ist seit dem letzten Mal ein wenig dünner geworden. Er hat sich länger nicht rasiert. Die weißen Barthaare kontrastieren mit den schwarzen Augenbrauen. Die Falten auf seiner gerunzelten Stirn sprechen von Angst, die dunklen Ringe unter seinen Augen von Schlafmangel, die Flecken auf seinen Wangen von Stress. Er vergisst, den Bauch einzuziehen. Ein Stück weißer Wanst lugt hervor, weil sein Hemd nicht richtig in der Hose steckt. Aber selbst diese Nachlässigkeiten mindern seine Klasse nicht. Die Füße fest auf dem Boden, die Beine leicht gespreizt und genau parallel zur Breite der Schultern, bereitet er sich auf den großen Augenblick vor. Beide Hände stecken tief in den Hosentaschen. Er steht in den Startlöchern für seinen Monolog. An seinem Hals zuckt eine Ader mit hoher Geschwindigkeit. Ich erkenne darin eine Mischung aus Lampenfieber und Ungeduld und darüber hinaus die Lust, sich zu prügeln. Seine Verbitterung hat ihren Höchststand erreicht. Er pumpt noch einmal Sauerstoff nach, atmet tief ein. Sein Brustkorb hebt sich und bringt sein weißes Hemd an die Grenze seines Fassungsvermögens. Es scheint, als würde er am liebsten sämtliche Knöpfe absprengen, um sich endlich zu befreien. Papas Argument ist unmissverständlich.

»Ich liebe sie.«

Schon mit den ersten Worten hält er mich auf Abstand. Er lässt mir nicht einmal Zeit, meiner Verwirrung Herr zu werden. Er redet sich in Schwung und raubt mir den Atem.

Sie lieben sich von Anfang an. Seit der ersten Sekunde. Beide haben versucht, dagegen anzukämpfen. Zunächst bemühten sie sich, ihre Gefühle nicht zu beachten und die gegenseitige Anziehung zu leugnen. Was heißt zunächst? Zwei Jahre lang, vielleicht auch drei. Während dieser Jahre vermieden Schwiegervater und Schwiegertochter sorgfältig, sich allein zu begegnen. Papa erklärt mir wortreich, dass er sich doppelt und dreifach bemühte, der Versuchung nicht zu erliegen, und dass ich es ihm deshalb nicht übel nehmen dürfe. Er sei kein schlechter Vater. Auch Ava hatte gekämpft. Beide zwangen sich, einander nicht sofort in die Arme zu fallen und sich vor der Wollust noch ein wenig aufzusparen, ehe das Leben über ihren kleinlichen Willen triumphierte. Weil nämlich das Leben in solchen Fällen immer gewinnt, mein Junge. Die Sehnsucht hat das letzte Wort. Immer. Geschieht es nicht, stirbt man.

Ich kann mir die beiden nur allzu gut vorstellen. Das erste Mal liegt zwar schon lange zurück, aber seine Erinnerung daran scheint noch sehr präzise zu sein. Wahrscheinlich geschah es irgendwann abends bei mir zu Hause. Der Vier-Sterne-Vater schaute unter irgendeinem fadenscheinigen Vorwand wie zufällig vorbei. Sie fanden sich in der Küche wieder, und auf dem Tisch nahm er sie schließlich. Auf der soliden Holzplatte konnten sie der Versuchung nicht länger widerstehen. Zunächst ging Ava einen Schritt auf ihn zu. Papa empfand diesen Schritt als Einverständnis, und sie fielen übereinander her, um sich später zu schwören, es niemals wieder zu tun.

Aber die Sehnsüchte der Wollust ziehen kaum einzuhaltende Versprechungen nach sich. Man kann ganz sicher sein, dass man wieder in den Taumel der Droge verfällt. Die erste Injektion der Leidenschaft löst sich nicht mit einer Absichtserklärung auf, sondern verbreitet das Gift in den Adern und ruft Wünsche und Erinnerungen wach.

Wegen ihres schlechten Gewissens erlegten sie sich einen Verzicht von mehreren Monaten auf. Es dauerte fast ein Jahr, ehe sie sich wieder in ihren tiefen und schmutzigen Abgrund stürzten.

Jean-Paul hat nicht vor, sich in Details zu ergehen. Er begnügt sich mit den Grundzügen.

Es bedarf keiner Worte, um zu begreifen, dass sie sich im Hotel, in seinem Büro und bei uns zu Hause trafen.

Avas Reisen sorgten für Trennungen. Sie wussten nie, ob sie sich danach wiedersehen würden, weil sie mit dem Weitblick des Abstandes erkannten, dass ihre Vereinigung nur zur Vernichtung führen konnte. Und doch siegten Sehnsucht und Lust am Ende doch wieder über ihre Entschlüsse.

Ohne die Spielunterbrechungen dauert die Liebesgeschichte zusammengenommen nun schon seit fast acht Jahren an. Im Lauf der Zeit richteten sie sich einen Unterschlupf ein. Mein Vater hat eine kleine Wohnung elf Metrostationen entfernt angemietet. Es ist eine Studentenbude mit frei liegenden Deckenbalken. Dort gehen sie ihren Gewohnheiten nach. Sie besitzen Tischsets, und im Bad hängen ihre Morgenmäntel.

Mein Vater setzt alles auf eine Karte. Er gesteht ein, dass die Situation für alle Beteiligten schwierig ist. Mit honigsüßer, väterlicher Stimme setzt er mir seine Version der Dinge auseinander. Ava wolle nicht mehr pendeln. Ava habe schon zu viel Zeit verloren.

Ava wünsche sich, mit ihm zu leben. Endlich liege alles klar zutage. Sie verlasse mich nicht, sie sei nie wirklich bei mir gewesen. Versteckt habe sie nur die Lügen. Sie halte es nicht mehr aus, Reisen ans andere Ende der Welt zu erfinden, um ihn zu treffen. Sie sei müde, sie habe den ganzen Zirkus satt. Sie verdiene es, endlich ihr Leben in aller Öffentlichkeit zu leben, ohne dass man über sie richte. Vor allem ich, ihr Mann, dürfe nicht über sie urteilen.

»Was glaubst du wohl, Paul, warum sie so lange gebraucht hat? Antworte mir. Warum? Weil sie dich im Grunde doch noch liebte? Nein. Wegen der Kinder. Ausschließlich wegen der Kinder. Wie sollte man es ihnen sagen? Da gibt es nichts zu sagen. Die Kinder müssen in dieser ganzen Geschichte außen vor bleiben. Hörst du, Paul? Martin und Isabelle dürfen die Wahrheit nie erfahren!«

»Man verliert nur Zeit, wenn man die Wahrheit von einem Wortbrüchigen erwartet.«

Avas Satz kehrt plötzlich wie ein Bumerang in mein Gedächtnis zurück.

Papa hat Mama nie reinen Wein eingeschenkt. Für ihn ist meine arme Mutter eine Komplizin. Weil sie die Augen verschließt. Nach so vielen Jahren müsste sie längst bemerkt haben, dass er ein Doppelleben führte. Während ihrer gesamten Ehe blieb meiner

Mutter nichts übrig, als eine lange Reihe von Geliebten zu ertragen. Bei diesem letzten Schlag allerdings steckte der Vogel Strauß lieber den Kopf in den Sand. Meiner Mutter waren tausend Gesichter lieber als eines und tausend Frauen lieber als die Demütigung einer einzigen, die er regelmäßig aufsuchte. Er machte sich nicht einmal die Mühe, auf Zehenspitzen zu verschwinden. Dumme Kuh! Als könnte Papa in seinem Alter auch nur einen Augenblick vorhaben, mit seinem Daunenschlafsack im Büro zu übernachten. So ein Quatsch! Ich soll mich um Mutter kümmern. Jean-Paul zählt auf mich. Gleich und Gleich geselle sich schließlich gern, nicht wahr? Ich könne ihr doch alles erzählen. Mal sehen.

»Sei nicht sauer, Paul. Damit änderst du nichts. Du musst den Tatsachen ins Auge schauen. Ein Typ wie du und eine solche Frau, na ja … Komm wieder auf den Boden. Es hätte dir sowieso geblüht. Eines Tages wäre sie ohnehin weg gewesen, da kann es doch ebenso gut mit mir geschehen. Verstehst du? Wird es dir langsam klar? Du bist ein prima Kerl, aber Ava braucht mehr als einen prima Kerl. Sie braucht einen richtigen Mann.«

Nach den Banderillas der Todesstoß.

Zum Schluss erklärt Jean-Paul mir, er vermute, dass meine Kinder tatsächlich von mir seien. Bei Isabelle allerdings hat er gewisse Zweifel. Ein wenig verschämt baut er seine Stellung aus. Falls es mich tröste – er wäre hingerissen, eine Tochter zu haben. Aber was ist mit mir? Habe ich etwa die Windeln meiner Schwester gewechselt? Ganz beiläufig, als ginge es um eine Tasse Tee, schlägt mein Vater einen DNA-Test vor.

»Wenn du unbedingt willst, schaffen wir Klarheit. Obwohl mir, wenn ich Isabelle so anschaue, die Ähnlichkeit frappierend erscheint.«

Die Vorstellung amüsiert ihn. Er lächelt sogar.

Einen Hilferuf an Oscar schicken. Der Akku ist nicht geladen.

Der Gnadenstoß. Ava hat beschlossen, die Kinder mitzunehmen, bis die Scheidung durch ist. Jean-Paul tröstet mich. Natürlich würde er aus der Wohnung mit den frei liegenden Deckenbalken ausziehen. Versprochen. Und natürlich würde man langsam vorgehen. Schließlich sind wir erwachsene Menschen. Zunächst würde er zu meiner Mutter zurückkehren und wieder mit ihr zusammenleben, um die Kinder nicht zu traumatisieren. Natürlich würde er weiterhin den Kuchenopa spielen, wenn Isabelle und Martin ihre Mustergroßeltern besuchen kämen. Später würde man dann weitersehen.

Sollte ich allerdings vorhaben, alles zu erzählen, würde er sicher einen Platz in einer Anstalt für mich auftreiben. Jean-Paul hat einen langen Arm.

2015

Charlie dreht die Heizung bis zum Anschlag auf und verbindet ihren iPod mit dem Autoradio. Sie scrollt die Playlist mit dem Daumen hinunter und entscheidet sich für »Shout« von Tears for Fears. Sie steigert die Lautstärke, entschuldigt sich mit einem Schulterzucken für die laute Musik und streichelt meinen Nacken. Die Stimme jubelt, die Botschaft des Songs ist klar: »Verkaufe deine Seele in heftigen Zeiten nicht in Schwarz-Weiß, sondern schrei!«

Also schreien wir im Auto, singen den Song aus den Achtzigern aus vollem Hals mit und haben viel Spaß. Charlie macht fröhlich. Sie ist ein Gute-Laune-Turbo, sie fegt mit Vollgas durch diesen grauen Dezembermorgen. Wir sind auf dem Weg zum Rathaus, zur Hochzeit meines besten Freundes, und haben ein wenig Verspätung. Wir sollten es überleben, er wird mir deshalb sicher nicht böse sein.

Oscar freute sich wie ein Schneekönig, als er erfuhr, dass das Abendessen eine ganze Nacht lang angedauert hatte, und er war richtig glücklich, meine Stimme zu hören. Sie hatte plötzlich wieder diesen Klang eines verrückten jungen Hundes. Ich erzählte von unserem Abend, und er spürte meine neue Art, mich wieder in der Welt zu Hause zu fühlen. Ich brauchte ihn gar nicht erst zu bitten, er ließ mir sowieso keine andere Wahl: Charlie musste mich zur Hochzeitsfeier begleiten. Sie hat sich nicht lange geziert und sofort zugesagt. Kurz darauf tauchte sie mit einer Tasche bei mir auf, aber nicht etwa, um sich bei mir einzunisten – so weit sind wir noch nicht –, sondern mit zwei Kleidern für die Hochzeit zur Auswahl. Unsere Wahl fiel auf das erste, ein Kleid, das vorne streng geschnitten, im Rücken aber tief geschlitzt ist. Das elegante Schwarz wird lediglich durch ein paar weiße Pailletten aufgelockert. Ein geheimnisvolles Kleid voller Überraschungen. Sie hat sich nicht besonders stark geschminkt. Ein wenig Wimperntusche, etwas mehr roter Lippenstift. Als sie mich aus dem Bad kommen sah, drehte sie sich im Flur spontan um die eigene Achse. Diese flüssige Bewegung riss mich mit wie ein Mantra: Nichts ist wirklich schlimm. Nie.

Das Irrlicht holte die Schlüssel aus seinem Wagen und küsste mich im Aufzug über drei Etagen hinweg. Der Geschmack des atemlosen Kusses gefiel mir, und ich habe ihn noch auf der Zunge, während wir erneut den Refrain anstimmen: »Shout, shout …« Ich höre zu, wie sie singt, und muss an Oscars Satz zurückdenken: Im Leben gibt es immer einen Platz für Typen wie dich. Und plötzlich habe ich Lust, ihm zu glauben. An das Leben zu glauben. Ich genieße das Dynamit von Charlies sich windendem Körper und ihre ausgelassene Spontaneität eines fröhlichen Kindes. Danke, Oscar. Danke, dass du mich in ihre Arme geschubst hast, danke für deine Warmherzigkeit und danke, dass du mich zu diesem Trost gezwungen hast. Danke für den Fußtritt, den du meinem Herzen versetzt hast, ohne mir ein Versprechen vorzugaukeln, und danke für deine unendliche Geduld mit mir. Ein Freund wie du ist unbezahlbar. Ich denke an ihn und freue mich ehrlich und tief für ihn. Ich habe es nicht mehr nötig, Gefühle vorzutäuschen. Ich muss nicht mehr als etwas erscheinen, sondern darf ganz und gar ich selbst sein.

Am liebsten würde ich Charlie erklären, was ich empfinde. Ich würde ihr gern sagen, dass sie trotz ihres idiotischen, auf i endenden Vornamens, der so viel weniger darstellt als alle auf a endenden Namen der Welt, schuld daran ist, dass ich wieder zum Menschen geworden bin. Ich habe Lust, ihr zuzurufen, dass ich nach zwei Jahren Gefangenschaft im Dunkel des Verrats endlich wieder die Sonne sehen kann und das helle Licht am Ende des Tunnels wahrnehme. Und dass es verrückt ist, plötzlich überschnappen zu dürfen. Ich nehme mir vor, diesen Eindruck zu analysieren und endlich meinen gesamten Seelenzustand auszuspucken, aber dann halte ich mich doch zurück und bremse im letzten Augenblick vor dem Abgrund ab. Nein, ich werde ihr nicht von meiner Vergangenheit erzählen. Weder von Ava noch von Jean-Paul und schon gar nicht von der toten Zeit. Sie wird mir auch so keine Fragen über mein Leben vor unserer Zeit stellen, sondern mit Vollgas unserem improvisierten Weg folgen.

Ich hülle meine Gegenwart in Schweigen. Und ich drehe die Lautstärke auf.

Knapp zwanzig Leute sitzen brav im Rathaus und warten. Frau Bürgermeisterin hat ihre dreifarbige Schärpe umgelegt, zu viel Haarspray auf ihre vergilbte Dauerwelle gesprüht, ist in einen etwas altmodischen Hosenanzug gehüllt und trägt beigefarbene Pumps. Vor der bunt zusammengewürfelten Hochzeitsgesellschaft bringt sie Personenstandsregister und Familienstammbuch auf den neuesten Stand. Oscar und David haben sich für Smokings in gebrochenem Weiß und dem Anlass angemessene schwarze Fliegen entschieden. Freunde und Familie leuchten in allen Tönen der Pantone-Farbskala. Anthrazitgrauer Anzug, gelbe Jacke, transparente weiße Bluse, rote Hose, rubinroter Rock, magentafarbenes Cape, violettes Kostüm, schimmerndes blaues Ensemble, beigefarbener Mantel, grüner Regenmantel, elfenbeinfarbener Blazer. Frau Bürgermeister hält eine kurze Rede, ehe sie die vorgeschriebenen Fragen stellt.

»Wollen Sie, Oscar de Lacours, den hier anwesenden David Lerieur zum Ehemann nehmen, so antworten Sie bitte mit: Ja, ich will.«

»Ja, ich will.«

»Wollen Sie, David Lerieur, den hier anwesenden Oscar de Lacours zum Ehemann nehmen, so antworten Sie bitte mit: Ja, ich will.«

»Ja, ich will.«

»Kraft meines Amtes erkläre ich Sie hiermit zu Ehemann und Ehemann, vereinigt durch das Band der Ehe. Sie dürfen den Bräutigam jetzt küssen – oder so. Halten Sie es, wie Sie wollen, ich bin ein wenig durcheinander.«

Dann wird unterschrieben. David leistet seine Unterschrift als Erster, dann folgt Oscar, und schließlich sind wir Zeugen an der Reihe. Avas Bild taucht flüchtig auf. Am liebsten würde ich die Erinnerung verjagen wie eine Fliege. Als sie unterschrieb, hob sie ihren Schleier aus besticktem Tüll. Sie beugte sich vor, wandte sich mir zu und murmelte ein Wort. Von ihren Lippen las ich den Namen meines Vaters ab.

Das Klicken der Kameras erreicht mich wie ein Peitschenhieb. Ich erschrecke, unterschreibe und kehre auf meinen Platz zurück. Der Anblick des Glücks erzeugt eine Freudenträne. Charlie küsst sie mir von der Wange und trinkt, ohne es zu wissen, den letzten Tropfen meines Schmerzes. Oscars Vater tritt vor, küsst den Bräutigam und wirkt dabei so, als suche er bei dieser Geste nach seiner Frau. Davids Eltern wirken im hellen Licht des neuen Aufbruchs ein wenig verloren. Seine Schwestern halten eine kleine, sibyllinische Rede und bewerfen die beiden Jungvermählten mit einem Regen aus Konfetti. Frau Bürgermeister ärgert sich über die Unordnung und den Lärm.

Auf der Vortreppe stellen sich alle auf. Eine Schwulenhochzeit ist vor allem eine Sache der Tradition. Charlie macht das Gruppenfoto. Oscar besteht darauf, dass ich in der Bildmitte unmittelbar neben ihm stehe. Während lärmender Applaus aufbrandet, befiehlt er mir, glücklich zu sein. Ich entschließe mich, ihm wieder einmal zu gehorchen.

November 2013

Mit einem dumpfen Knall zerbirst die Weinflasche auf seiner Schläfe. Sein Gesicht erstarrt. Alles ist voller Splitter. Jean-Paul blutet wie ein abgestochenes Schwein. Er legt seine schwere Hand auf die Wunde, schwankt, gleitet auf einer Weinlache aus, droht nach hinten zu kippen und kann sich gerade noch an einer Stuhllehne festhalten. Er hebt den Stuhl hoch, wirft ihn in meine Richtung, verfehlt mich aber. Der Stuhl kracht gegen ein Regal, fegt stapelweise Geschirr zu Boden und zertrümmert eine Sammlung Kristallgläser, die wir von Avas Eltern zur Hochzeit bekommen haben. Mit dem Brotmesser in der Hand stürze ich mich auf meinen Vater. Ich will ihn jetzt sofort umbringen, ihn aufspießen und dafür sorgen, dass er für immer den Mund hält.

Erst im allerletzten Moment halte ich inne. Mir fehlt der Mut, ihn zu töten. In seinen Augen lese ich blanke Angst. Ich versetze ihm einen heftigen Stoß, dann einen zweiten und zerre ihn gewaltsam zur Tür. Er stinkt nach Wein. Zerzaust und mit blutverschmiertem Gesicht ist er kaum wiederzuerkennen. Man könnte ihn für einen alten Tippelbruder halten. Ich brülle ihn an. Er schafft es nicht, die Tür selbst zu öffnen. Ich werfe ihn mit aller Kraft hinaus. Röchelnd taumelt er die Treppe hinunter. Endlich höre ich, wie sich sein kurzatmiges Keuchen entfernt, und kann mich einigermaßen sammeln. Das Adrenalin ist mir in die Beine gefahren, die Wut hindert mich am Atmen. Ich zittere vor Hitze und vor Kälte.

Ich kehre in die Küche zurück und halte meinen Kopf unter den Wasserhahn.

»Komm zur Vernunft, Paul. Werde wieder du selbst.«

Die Heftigkeit ihrer Worte zerfrisst mich wie Säure. Avas Gesicht schwebt vor mir wie ein Geist. Ich sehe sie und Jean-Paul im Alkoven, wie sie ihrer Lüge frönen. Sie fassen sich an, sie kneten sich, sie scherzen komplizenhaft und klatschen sich selbst Beifall. Stolz wie die Barbaren. Ich muss den entsetzlichen Anblick ertragen. Einer auf dem anderen, wie die Tiere. Mein Vater fickt meine Frau bis zum Anschlag. Ich spiele im Nebenzimmer mit Martin. Wir legen ein riesiges Puzzle zusammen. Tausend pastellfarbige Teile. Die Aufgabe beschäftigt unsere Gedanken. Wir werkeln hingegeben. Das noch unförmige Gebilde hält uns gefangen. Stundenlang. Wochenlang. Monatelang. Papa schwängert Ava mit Isabelle. Ava verschaukelt mich mit ihrem hämoglobinroten Mund. Sie manipuliert mich mit dem Labyrinth ihrer unsichtbaren Startbahnen. 747, A 380 – sie beschreibt mir ihre vorgeblichen Flugzeuge. Sie wickelt mich mit Liebesworten ein, die von Sehnsucht und Einsamkeit sprechen.

Sie fährt zu ihm. Elf Metrostationen. Auf dem Treppenabsatz lässt sie ihre Maske fallen und streift sich die Füße auf unserer Geschichte ab. Sie ist nicht mehr Ehefrau und Mutter. Sie stellt ihren Rollenkoffer am anderen Ende ihres Liebesnestes, ihrer Zweitwohnung, ab. Sie löst ihre Hochsteckfrisur, schüttelt ihr Haar vor und zurück und kann nach der Luftnot endlich wieder atmen. Sie verschwindet im Bad, erscheint nackt im kleinen Wohnzimmer und wirft sich lachend auf meinen Vater. Es ist ein wildes, tiefes Lachen. Das Lachen eines Raubtiers. Ihn töten. Ich muss ihn töten.

Ich renne zur Wohnungstür. Ich renne die Treppe hinunter, nehme immer vier Stufen auf einmal, lande im zweiten Stock auf dem Bauch, stoße mir den Kopf an einer Stufe. Ich blute ein bisschen. Das verdammte Brotmesser habe ich noch immer in der Hand.

Der Wein ist gerieselt, das Blut getröpfelt. Ich bin

dem gejagten Tier auf der Spur. Jean-Paul ist mir ein Stück voraus. Er wendet mir den Rücken zu. Schwankend steht er vor seinem Wagen. Die Fahrertür öffnet sich vor dem taumelnden Körper. Ich erkenne Ava auf dem Beifahrersitz. Sie ist vorausgegangen, hat im Auto auf ihn gewartet. Sie ahnte, dass unser Streit über das Grauen hinausgehen würde, aber für sie zählt jetzt nur noch die Wahrheit. Die reine Wahrheit, meine Science-Fiction.

Hat sie unser Leben vorbeiziehen sehen?

Isabelle und Martin sitzen hinten und haben sich brav angeschnallt. Unsere Blicke kreuzen sich. Sie begreifen nicht, was hier vor sich geht. Angesichts ihres blutüberströmten Großvaters brechen sie in Tränen aus und starren entsetzt ihren Vater an, der wie ein wahnsinniger Zombie auf das Auto zustürmt. Sie fürchten sich vor diesem Terroristen und weinen laut. Die Szene spielt sich wie in Zeitlupe ab. Sie haben genügend Zeit, jede Einzelheit auf der Festplatte ihrer kindlichen Erinnerung zu speichern. Brutalität ist wie ein Tattoo.

Jean-Paul lässt den Motor aufjaulen und prescht mit quietschenden Reifen davon. Funken sprühen unter dem Wagen hervor, der wie in einem schlechten Film Reifenspuren und ein wütendes Röhren in der Stadt hinterlässt.

2015

Oscar hat für die Feier kein Schloss angemietet und seinen Empfang auch nicht unter einem Plastikzelt im ordentlich getrimmten Park eines herrschaftlichen Familienbesitzes geplant. Dieses Spiel wollte er nicht mitmachen. Ein Schloss hätte ihn zu sehr an seine Kindheit erinnert. Eine Kindheit, in der es ständig um Probleme mit dem Dach, Heizölpreise und die zwischen Oktober und Mai unheizbare Galerie ging. Eine Kindheit, in der er Zeuge wurde, wie seine Eltern Kunden anlockten, abends nach der Arbeit Kostenvoranschläge tippten, Faxe schickten und am Wochenende mit Unbekannten telefonierten.

Oft genug sah er Jungvermählte unter seinem Fenster entlangdefilieren, beobachtete Hochzeiten von reichen und von armen Leuten, die immer zu dem Resultat führten, dass die Gäste sich für einen Abend wie im Disneyland fühlten.

Die Zeiten haben sich geändert. Die Prinzessin des Dornröschenschlosses der Familie de Lacours ist zur New-Age-Jüngerin mutiert, der Prinz hat seine schimmernde Rüstung gegen eine Soutane eingetauscht. Aus diesem Grund hat Oscar sich entschieden, seinen großen Tag in einem Restaurant zu feiern.

Er ruft jetzt schon zum fünften Mal an. Charlies Auto begann unterwegs zu qualmen und spuckt inzwischen schwarze Rauchwolken. Die Kontrolllämpchen leuchten, das Armaturenbrett blinkt hektisch. Es erinnert mich an das Spiel des Lebens, das wir als Kinder spielten. Ob ich etwas von Technik verstehe?

Ich muss an einen Test denken. Wir halten auf dem Parkplatz eines Supermarktes an und warten auf den Abschleppwagen. Charlie hält den Moment für angemessen, sich nach meinen Kindern zu erkundigen. Ich äußere mich möglichst unbestimmt, doch das hindert sie nicht daran, sicher auf ihr Ziel zuzusteuern.

»Was denkst du dir bloß dabei, Paul? Worauf wartest du, sie zu dir zurückzuholen? Ein Vater sollte bei seinen Kindern sein und nicht in der Vergangenheit von ihnen sprechen.«

Natürlich will Charlie nicht über mich urteilen. Charlie verlangt nichts, aber sie begreift schnell und findet mühelos den Auslöser für mein schlechtes Gewissen.

Ja, meine zärtliche, schöne, köstliche Freundin, du

hast tausend Mal recht mit deiner Analyse, die der besten Strategen des Pentagon würdig wäre. Es ist wunderbar, dass du so gerecht und so wunderhübsch bist mit deinem Auftreten eines Kindes und den Brüsten eines großen Mädchens. Aber was wird geschehen, wenn du eines Tages die Wahrheit erfährst, Charlie? Irgendwann wird es dazu kommen. Wirst du dich immer noch auf deine Intuition verlassen können? Und was wirst du mir dann sagen? Wirst du verstehen, dass ich noch nicht ausreichend Kraft gesammelt habe, um dafür zu kämpfen, dass Martin und Isabelle zu mir zurückkehren?

Als der Abschleppwagen kommt, schnippt Charlie mit den Fingern. »Woran denkst du?«

»Ich? Eigentlich an gar nichts.«

Der Pannenhelfer kann nichts für den Smart tun. Wir rufen ein Taxi.

Die Stimmung ist großartig. Die Tische sind in U-Form zusammengeschoben. Im Hintergrund läuft ein Song von Paolo Conte und schwebt über die Gäste hinweg.

»It's wonderful, it's wonderful, it's wonderful …« Alle singen den Refrain mit, man schunkelt und trinkt einander zu, ohne eine Sekunde daran zu denken, dass dieses Lied eigentlich auch ein bisschen traurig ist, weil man nie erfährt, ob das Mädchen mit ihm gehen wird. Die Melodie jedoch und der Vortrag lassen an ganz etwas anderes denken, an ein sonniges Meer und an eine ideale Familie ohne Trauer oder Resignation. Auch Oscar, mein schöner Oscar, wiegt sich in den Hüften, um sein Glück zu begrüßen. Fröhliches Lachen kreuzt die Klingen mit heiteren Rufen. Man steht auf, man setzt sich, man tanzt, man wechselt die Plätze, man redet wild durcheinander. Rauchschwaden. Schweiß.

David hält es nicht mehr aus und steigt auf einen Tisch. »It's wonderful, it's wonderful, it's wonderful.« Eng umschlungen eröffnet das frischgebackene Ehepaar den Ball. Das Glück durchläuft seine Phasen.

Bisher hat noch niemand sie bemerkt, was durchaus normal ist, denn Oscars Mutter hat sich sehr verändert. Sein letzter Brief war endlich der richtige. Sie hat einen langen Weg zurückgelegt, aber ganz gleich, wie es dazu gekommen ist: Marie-Thérèse ist da. In einer Ecke zwischen der Garderobe und der Eingangstür unterhält sie sich mit Corinne. Zunächst erweckt sie den Eindruck, dass sie nicht aufzutauchen wagt und sich hinter dem Bauch ihrer gemieteten Schwiegertochter versteckt. Schließlich aber lacht sie laut und breitet ihre Arme weit für ihren Sohn aus.

Oscars Vater hat Sterne in den Augen. Ihr Wiedersehen ist wundervoll. Ich erkläre die näheren Umstände. Charlie staunt nur. »It's wonderful, it's wonderful, it's wonderful.« Paolo Conte hört nicht auf, dem Mädchen zu sagen, sie solle alles hinter sich lassen und mit ihm gehen.

Oscar braucht mich. Ich recke ihm die Arme entgegen.

Im Leben gibt es immer einen Platz für Typen wie uns.

Acht Monate später

Martin und Isabelle sind schon wieder gewachsen.

An der Tür versprechen sie, vernünftig zu sein, bis ihre Mutter sich über die Gegensprechanlage meldet, um sie abzuholen. Wir verabreden uns für in drei Wochen. Für die zweite Ferienhälfte. Unsere ersten Ferien nur zu dritt.

Sie waren es, die sich die USA ausgesucht haben. Ich bin einverstanden, von Ost nach West zu reisen. Es ist ein langer Weg, um verlorene Zeit nachzuholen, ohne einen Schatten zu hinterlassen.

Martin will zum Grand Canyon, Isabelle nach New York. Sie möchte gern die gelben Taxis sehen und ein Musical besuchen. Wir haben über den Central Park und die Statue von *Alice im Wunderland* gesprochen. Die Bronzefigur zu Ehren von Lewis Carroll sitzt auf dem Hut eines riesigen Pilzes, umgeben vom Märzhasen, der Grinsekatze, dem Kätzchen Dinah und natürlich dem Hutmacher, ganz wie es sich gehört. Martin hat sich auf Google Earth in die Schönheit der Golden Gate Bridge in San Francisco verliebt, und ich musste ihm schwören, ihm die Lichter von Las Vegas zu zeigen. Ich habe die rechte Hand gehoben. Wenn wir erst dort sind, werde ich ohne lange Erklärungen mit ihnen die Wedding Chapel in Graceland besichtigen. Ich werde sie vor der Kirche mit dem lebensgroßen Gipskartonbild von Elvis genau da fotografieren, wo Ava und ich früher einmal gern geheiratet hätten. Wie lange ist das schon her! Unendlich lange. Zu einer Zeit, als wir noch an die Ewigkeit unserer Küsse glaubten.

Ihr Schreien weckt mich auf. Ich habe meinen Wecker nicht gehört. Hastig ziehe ich meine Hose an und erkläre ihr, dass zwar ich schuld an unserer Verspätung bin, dass wir es aber ihr zu verdanken haben, dass wir den Zug nicht versäumen. Seit sie da ist, lacht mir das Glück. Wir haben noch zwanzig Minuten. Der Taxifahrer singt einen Song von Bashung mit.

Unsere Lieblingshelden
Haben mich alleingelassen.
Unsere Denkpausen
Haben mich alleingelassen.
Sind wir etwas Besseres,

Sind wir trübe Gewässer,
Sind wir Erinnerungen,
Oder sind wir die letzte Mohnblüte?

Auf dem Bahnsteig herrscht feuchte Wärme. Der TGV ist bis auf den letzten Platz besetzt. Eine Omi hat sich im Wagen geirrt. Sie versteht nicht, dass sie auf meinem Platz sitzt, denn die Nummer auf dem Sitz entspricht der auf ihrer Reservierung. Ich stelle die Babytragetasche ab und helfe der alten Dame, ihren großen, roten Koffer aus dem Gepäcknetz zu wuchten. Ihre etwa fünfjährige Enkelin weigert sich, den Mittelgang zu verlassen. Es gibt einen Stau. Taschen fliegen über unsere Köpfe hinweg. Eine andere Familie auf Reisen wird unruhig und versucht, sich mit Gewalt durchzudrängen. An solchen Hauptreisetagen riecht die Unruhe im Zug nach ranziger Butter. Ich mache mich ganz klein, um ein wenig Luft an uns heranzulassen, und beschütze Clara. Hoffentlich wacht sie nicht auf. Es ist ihr erster Sommer, und wir haben beschlossen, mit ihr in die Sonne zu fahren. Ich habe ein Haus in Südfrankreich gemietet. Charlie wird später nachkommen.

Ich blicke auf die Uhr. Noch zehn Minuten bis zur Abfahrt. Eine kleine Ewigkeit. Ich sitze im Abteil und beobachte den Bahnsteig. Kein Oscar zu sehen. Ich versuche, ihn auf dem Handy anzurufen, erreiche aber nur die Mailbox. Eine solche Verspätung sieht ihm ganz und gar nicht ähnlich. Clara schläft und nuckelt an ihrem Daumen. Sanft streichele ich ihren Arm und erkläre ihr, dass ihr Papa ganz sicher gleich auftauchen wird.

An diesem Morgen hatte mein Beinahe-Bruder einen wichtigen Termin vor Gericht. Er ging vor, und ich sagte ihm, er brauche sich keine Sorgen zu machen. Seit drei Monaten wohnen der Kindsvater und seine kleine Tochter bei mir. Ich hatte Zeit, mich wieder in die Überraschungen eines Lebens mit Säugling einzuarbeiten und mich erneut der Zubereitung von Fläschchen und den Besonderheiten von Höschenwindeln zu widmen. Wie eine Mutter kümmere ich mich um Clara. Und um Oscar wie um ein Kind. Als David ihn verließ, blieb mir keine andere Wahl. Nun war ich an der Reihe, die Verantwortung zu übernehmen und meiner wahren Familie die Tür zu öffnen. David hatte die Ankunft seiner Tochter nicht ertragen. Von Anfang an erwartete er einen Sohn und keine kleine Maus. Er hielt es nicht aus, dass die Leihmutter ihm keinen Stammhalter schenken konnte. Die Geburt seiner Tochter erlebte er als Verrat. Nachdem er drei Monate wegen des nächtlichen Geschreis kaum geschlafen hatte, sagte er sich, dass dieses Kind schließlich nicht seines war. Und so machte sich der Ehemann meines besten Freundes vom Acker.

Heute Morgen trifft sich das ehemalige Paar vor dem Richter. Die Scheidung war ihnen wichtig. Oscar wollte keine Zeugen. Er fand es einfacher, sich mit mir in diesem Zug zu treffen und gemeinsam in den Süden zu fliehen, möglichst weit weg von seinem Fiasko. Mein kaum verheirateter und schon wieder geschiedener Oscar ist ein sehr würdevoller alleinerziehender Vater. Trotz seines gebrochenen Herzens trägt er den Kopf hoch. Bisher hat er sich noch nicht die Zeit genommen, sich in meinen Armen auszuheulen. Als ich die Tür öffnete und ihn auf der Schwelle fand, rannte er schnurstracks in mein Wohnzimmer, legte Clara auf die Couch und wechselte ihre Windeln.

Während ich ihr Fläschchen im Wasserbad erwärmte, bot ich ihm an, so lange zu bleiben, wie er wolle, und so lange, wie es nötig wäre. Er ist in mein Schlafzimmer gezogen, ich siedelte ins Kinderzimmer über. Ich suchte ihm einen Anwalt und setzte mich mit seiner Arbeitsstelle in Verbindung. Das Leben hat eine neue Wendung genommen.

Eine Lautsprecherstimme verkündet die bevorstehende Abfahrt. Der Blödmann hat immer noch die Mailbox eingeschaltet. Aber dann höre ich seinen Atem, und er erscheint endlich hinter mir. Clara öffnet ein Auge und strahlt ihn an. Der Zug fährt ab. Wir machen uns nicht die Mühe, dem noch etwas hinzuzufügen.

Freundschaft ist eine zuverlässigere Freundin als die Liebe. Wir verlassen die Stadt. Wir gehören dem Stamm der freien Männer an. Wir sind die letzten Mohnblüten.